Fritz-Stefan & Manuela Valtner

Sommertraum/a

Schicksalsroman

Bibliografische Information der dt. Nationalbibliothek

Die dt. Nationalbibliothek verzeichnet diese Publikation in der deutschen Nationalbibliothek: detaillierte Daten sind im Internet über
http://dnb.dnb.de abrufbar

Copyright, Cover, Bilder, Umschlaggrafik, Fotos by
Fritz-Stefan und Manuela Valtner
Erste Auflage 2019

Herstellung und Verlag:
BoD – Books an Demand
Norderstedt

ISBN: **9783743159471**

Printed in Germany

Fritz-Stefan & Manuela Valtner

Sommertraum/a

Inhaltsverzeichnis

Vorwort

Sommertraum

Das Mißgeschick

Zwischen Hoffen und Bangen

Die Entscheidung

Schwere Stunden

Die Operationen

Die ersten Reaktionen

Wie geht es weiter?

Erste Schritte

Prothesen-Episode

In der REHA

Gibt es Fortschritte?

Blick in die Zukunft

Gedanken

Das Kelly-Konzert

Ein besonderer Dank

Ein halbes Jahr später

Die neue, endgültige Prothese

Schlusswort

Vorwort

Das Schicksal kann sehr grausam sein.

Wie geht man mit einem Schicksalsschlag überhaupt um?

Vor allem, wenn es einen selbst betrifft?

Wie geht der Partner damit um?

Wie gehen andere damit um?

Wie gehe ich selber damit um?

Werde ich mein Leben wieder in den Griff bekommen?

Wie gehe ich mit dem Verlust um?

Viele Fragen, die auf einen einströmen, wenn das Schicksal einem persönlich böse mitspielt.

Aber gibt es darauf überhaupt eine Antwort?

In diesem Buch haben wir gemeinsam versucht, eine Antwort darauf zu finden.

Ob es uns gelungen ist?

Die kursiv geschriebenen Texte sind die, von meiner Frau Manuela, so wie sie mit dem Schicksalsschlag umgegangen ist, da dieser Schicksalsschlag auch sie persönlich getroffen hat.

Sommertraum

Wir schreiben das Jahr 2018 und stehen am Beginn eines Sommers, der in die Geschichte als Traumsommer eingehen wird, was wir aber im Frühjahr des Jahres noch nicht ahnten.
Auffällig war nur, dass das Frühjahr schon mit viel Sonne und hohen Temperaturen glänzte.

Auch wir waren sehr froh gestimmt und nahmen diese Tage als tolles Geschenk an und waren ständig in unserem Garten tätig.

Nach dem Winter gab es hier einiges zu tun. Die Hecken mussten geschnitten, der Rasen gemäht, neue Erde aufgebracht und neue Blumen gepflanzt werden, damit alles seine Ordnung hatte.

Zumal auch die Nachbarn wie verrückt in ihren Gärten werkelten und man von überall irgendwelche Maschinen hörte, die hier im Einsatz waren.

Trotzdem nahmen wir uns immer wieder Zeit, inne zu halten und die Sonne bei einer Tasse Kaffee und ein paar Plätzchen zu genießen.

Dabei fiel unser Blick auch auf einen Bereich in unserem Garten, der es, nach den zum Teil heftigen Winterstürmen, nötig hatte, sich mal mit ihm näher zu befassen.

Beim näheren Hinsehen fiel uns auf, dass der Überstand, der früher mal ein Unterstand für Ponys war und jetzt ein Lagerplatz für Brennholz und sonstiges Allerlei ist, doch sehr stark durch die Stürme gelitten hatte und dem Einsturz nahe war, da zwei Stützen im vorderen Bereich marode und weggebrochen waren und die ganze Konstruktion nur noch von den beiden Außenstützen getragen wurde.

Hier war jetzt guter Rat teuer. Wie sollte man dies wieder herrichten?

Tagelang kreisten unsere Gedanken um eine Lösung für diesen Bereich.

Bei einem Besuch von dem Sohn meiner Frau, Patrick, und seiner Frau Jenny kamen wir nach einer erneuten Begehung zu dem Entschluss, dass eine Sanierung des Unterstandes ein aussichtsloses Unterfangen ist und ein Abriss und ein vernünftiger Neuaufbau als die bessere Lösung erschien.

Schnell wurde ein Plan ausgearbeitet, Anschließend wurde das benötigte Material im Baumarkt besorgt, und dann konnte es losgehen.

In den nächsten Wochen waren wir, trotz der großen Hitze, im gemeinschaftlichen Einsatz tätig.

Aber bevor wir loslegen konnten, gab es noch eine Menge zu entsorgen, was sich so im Laufe der Jahre dort angesammelt hatte.

Mit vereinten Kräften haben wir nach einer kurzen Zeit den Bereich leergeräumt und konnten vorsichtig endlich den instabilen Unterstand abreißen.

Mit viel Mühe wurde ein neuer Unterstand aufgebaut, um wieder eine Unterstellmöglichkeit zu haben für diverse Gerätschaften, die man so im Garten braucht.

Nachdem wir diesen Bereich aufgeräumt, vieles Unnötige aussortiert hatten, blieb auch noch eine kleine Ecke übrig, die wir als kleine Terrasse gestalten konnten.

So konnten wir uns hier, von unserem Tagewerk und vor der Hitze zurückziehen, was eine gewisse Wohltat war.

Aufgrund der großen Hitze blieben zwangsläufig jedoch einige Arbeiten liegen.
Die gingen wir dann gemeinsam an den etwas kühleren Tagen an, die uns von den Wetterstationen gemeldet wurden.
So war noch eine Menge von der alten Holz-Konstruktion übrig geblieben, die noch zerkleinert und entsorgt werden musste.
An diesen Berg gingen wir dann immer so dran, wie wir gerade Lust und Laune hatten, was aber bei dieser Hitze immer wieder heraus gezögert wurde.

Denn bei diesen Temperaturen war dies eine doch sehr schweißtreibende Angelegenheit, und die Jüngsten sind wir gerade auch nicht mehr. Da muss man dem Alter halt Tribut zollen.

Dabei waren wir mit unserem Werk sehr zufrieden.

Dann, Mitte Juni hatten wir mal ein, zwei kühlere Tage, und meine Frau hatte gerade ihren Urlaub begonnen, und wir freuten uns über die neue, kleine Terrasse.
Hier saßen wir im Grünen und genossen die herrlichen Sonnentage.

Dennoch störte uns der große Haufen an dem Bruchholz des alten Unterstandes, der noch vor der Terrasse lagerte. Jedes Mal, wenn wir dort saßen, schauten wir auf diesen unansehnlichen Haufen.
Also gingen wir an diesen Tagen daran, den Haufen zu eliminieren.
Zwei volle Tage waren wir damit beschäftigt.

An dem ersten dieser Tage kamen wir schon ganz schön weit voran, bis auf einen kleinen Zwischenfall.

Das Missgeschick

Da wir nicht alle Balken mit der Stichsäge zerkleinern und durchtrennen konnten, wurde auch eine Handsäge eingesetzt.

Nachdem wir einen großen Balken soweit klein gesägt hatten und ihn zur Seite legen konnten, um einen neuen Balken zu zerkleinern, passierte mir ein kleines Missgeschick.

Dieses kleine Missgeschick sollte eine Kettenreaktion auslösen, die mit einem tragischen Verlust enden sollte, den man zu diesem Zeitpunkt weder erahnen noch sich ausmalen konnte.

Bei diesem kleinen „Unfall" fiel die Säge, die an einem Tisch angelehnt war, durch eine unglückliche Bewegung um und mir mit ihren scharfen Zähne direkt auf meine Zehen.

Der mittlere Zeh des linkes Fußes bekam eine kleine Wunde ab, die ich schnell mit einem Pflaster abgedeckte und danach ging es mit der Arbeit weiter.

So auch am nächsten Tag!

Gegen Nachmittag hatten wir unser Werk vollendet und der große Holzhaufen war zerkleinert und wir freuten uns diebisch auf eine Tasse Kaffee und ein Stück Kuchen, welche wir auf der Terrasse einnehmen wollten.

Dabei fiel mein Blick, als ich mich gerade hinsetzen wollte, auf mein Pflaster am linken Fuß und dies ließ mich stutzig werden.

Denn dieses ehemalige weiße Pflaster war jetzt nicht mehr auszumachen und so schwarz wie meine Füße geworden.

Ich sagte noch zu meiner Frau, bevor ich ins Haus ging:

„Schatz, ich bin gleich wieder da. Ich werde mir nur noch eben schnell die Füße waschen und das alte Pflaster erneuern, dann können wir den Kaffee und den Kuchen einnehmen."

„Gesagt – getan!"

Ich ging ins Haus, stellte mir eine kleine Schüssel, mit einem Kamille - Teebeutel darin, in die Badewanne hinein und ließ Wasser einlaufen.

Bevor ich meine Füße hinein stellte, ging ich noch einmal mit meinen Händen durch das Wasser, um den Beutel mit der Kamille durch das Wasser zu ziehen.

Dann stellte ich meine beiden Füße hinein, um auch bei dieser Gelegenheit die Wunde auszuwaschen.

Was in diesen Moment geschah, das kann ich nur erahnen und es mit dem Sprichwort in Verbindung bringen:

„Dich haben sie wohl zu heiß gebadet"

Dieses Sprichwort muss ich in meinem Falle vermutlich sehr wörtlich genommen haben.

Da ich Diabetiker bin, was ich aber erst seit zwei Jahren weiß, hat man eine gewisse Unempfindlichkeit in den Extremitäten, was mir bist dahin nicht so aufgefallen ist, denn das war nicht das erste Fußbad, was ich mir bis dato gemacht habe.

Nach dem kurzen Bad in der kleinen Schüssel holte ich meine Füße heraus und spülte sie noch einmal kalt ab, um sie dann abtrocknen.

Als ich dann den linken Fuß mit dem Handtuch trocknen wollte hatte ich plötzlich einen großen Hautfetzen in der Hand.
Ungläubig schaute ich auf meinen linken Fuß. Die gesamte Haut hing herunter. Sie hatte sich komplett abgelöst.

Im Handtuch fand ich dann einen großen Hautfetzen, der mir vorne im vorderen Bereich des großen Zehs fehlte.

Ich schluckte einmal tief...

Der rechte Fuß, der nicht so lange in diesem Wasser war, sah zwar auf dem ersten Blick nicht so schlimm aus, aber auch hier ließ sich die Haut leicht über den gesamten Fuß schieben.
Ein verdammt komisches Gefühl erfasste mich. Aber komischer Weise hatte ich zu diesem Zeitpunkt keinerlei Schmerzen.

Ich rief meine Frau. Sie war geschockt, als sie ins Bad herein kam und mich sah! Sie konnte nur noch angstvoll rufen:

„Was hast du denn nur gemacht?"

Schnell holte sie einen Verbandskasten aus der Garage. Provisorisch verband sie mir die Füße und setzte mich ins Auto, und wir fuhren zu unserem Hausarzt in die Praxis.

Schmerzen hatte ich zu diesem Zeitpunkt nicht. Auch war ich nicht in keiner Weise geschockt. Eine groteske Situation.

Wie empfand meine Frau diese Situation damals?

„Nun, ich beginne direkt mal mit dem Malheur. Als mein Mann an diesem Tag nach unserer gemeinsamen Arbeit und vor dem Kaffee so vor mir stand und ich sah, was passiert war, fuhren meine Gedanken in diesen Sekunden regelrecht Karussell mit mir.

Im ersten Moment dachte ich, lieber Gott, lass es nur ein Traum sein.
Dies war es leider nicht. Es war die Realität und nun galt es zu handeln.
Im Eiltempo habe ich ihn verbunden und ab ging es zu unserem Hausarzt und von dort direkt in die Klinik, wo er nach der ersten Versorgung stationär bleiben musste.

Als unser Hausarzt meine Füße sah, konnte er nur noch mit dem Kopf schütteln und war der Meinung, dass wir sofort ins Krankenhaus fahren sollten, bei dem Grad der Verletzung.

Wir fuhren dann sofort weiter zum Krankenhaus.

Zum Glück kamen wir sofort dran, und eine Erstversorgung konnte gemacht werden.

Danach musste ich im Krankenhaus bleiben, da man erst noch weitere Untersuchungen machen musste, um dann erst über die weiteren Behandlungen zu entscheiden.

Da lag ich nun nach einem entspannten, zwar arbeitsreichen Tag und nach einem reinigendem Fuß-Bad im Krankenhaus und harrte der weiteren Dinge, die da noch folgen sollten.

Unfassbar!

Zwischen Hoffen und Bangen

In den ersten Tagen folgten mehrere Untersuchungen, dabei war man unsicher, wie man mit den Verletzungen, die sehr schwerwiegend waren, umgehen sollte.

Als Ziel wurde zunächst ausgegeben, dass man versuchen wollte, beide Füße wieder herzustellen, wobei dem rechten Fuß bessere Heilungschancen eingeräumt wurde, als dem linken Fuß.
Hier waren doch die Verbrennungen, dritter Grad, sehr stark.

Für mich bedeutete dies, dass ich für die nächsten Tage ans Bett gefesselt blieb und das bei Temperaturen um die dreißig Grad und einem strahlend blauen Himmel.

Ich hätte fluchen können...!

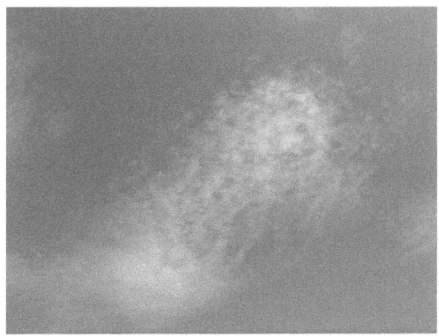

Dabei hatten wir uns für die Zeit, wo meine Frau ihren Urlaub hatte, noch einiges vorgenommen, was wir in dieser Zeit gemeinsam erledigen wollten.

Aber Jetzt?

Immer wieder dachte ich über den Zwischenfall nach und machte mir Gedanken, wie dies passieren konnte.

Denn dies war ja nicht das erste Mal, dass ich mir die Füße gewaschen habe.

Aber warum ging dies gerade jetzt daneben?

Verstehen konnte ich dies nicht.

Vor allem, da ich ja vorher noch mit meinen Händen in dem Wasser war. Und an meinen Händen hatte ich keinerlei Schäden erlitten.

Warum nicht an den Händen, sondern nur an den Füßen, und dann so stark!
So sehr ich auch darüber nachdachte, eine Lösung fand ich nicht.

In der Zwischenzeit wurden weitere Untersuchungen gemacht.

Jedes Mal bekam ich neue verwirrende Informationen über die weitere Behandlungsmethode. Es sollte eine langwierige Sache werden.

„Zuerst ging ich die Sache noch einigermaßen gelassen an. Doch das war es nicht. Das erste Mal schliefen wir getrennt – nach fast acht gemeinsamen Jahren.
Nach den meist langen Telefonaten am Abend ging ich traurig ins Bett. Obwohl ich es nicht gewohnt war alleine zu schlafen, ging es doch besser als gedacht.
Morgens erwachte ich meist schon mit dem ersten Hahnenschrei, als es gerade hell wurde. Anfangs drehte ich mich noch einmal paarmal herum, aber je länger mein Mann in der Klinik bleiben musste, desto unruhiger und nervöser wurde ich.

Selbst unser Kater Moritz suchte unseren Fritz im gesamten Haus und konnte ihn nicht finden. Immer wieder suchte er nach ihm. Er verstand die Welt nicht mehr. Ich sprach mit ihm und versuchte es ihm zu erklären. Doch verstehen konnte er es nicht.
Meinem Mann zeigte ich einen kleinen Videoclip von unserem Kater, wie er ihn suchte und dabei immer wieder stark miaute.
So sprach mein Mann, ebenfalls in einem Clip mit ihm. Als ich es unserem Kater zu Hause vorspielte, raste er durch das gesamte Haus und suchte ihn verzweifelt. Vermutlich hat er seine Stimme erkannt.

So verbrachten wir die restliche Zeit, die ich zuhause verbrachte und nicht im Krankenhaus, meist gemeinsam, als wollte er mich trösten."

„Natürlich passieren dann auch Dinge, wenn man nachts alleine zu Hause ist, die es nicht geben muss, wie zum Beispiel, dass die Batterien der Rauchmelder leer sind, anfangen sich zu melden und „Frau" dann hergeht, nachts um zwei Uhr, auf dem Esstisch kniet, um neue Batterien einzusetzen, oder dass Dinge einfach abends selbstständig zu Boden fallen und einem regelrecht einen Schreck einjagen. Oder..., oder...!

Das einzige Positive in dieser für mich nicht ganz einfachen Zeit war, das ich meist morgens und manchmal auch abends, nach meinem langen Besuch in der Klinik, in unserem kleinen Badeteich schwimmen konnte.
Den Rasen mähen brauchte ich in diesem Sommer ja nicht, das tat schon die Sonne, indem sie das Gras einfach vertrocknen ließ.

Die zahlreichen Blumentöpfe zu gießen schaffte ich irgendwie, wobei die ein oder andere Blume dabei leider auf der Strecke blieb."

Nach vierzehn Tage wurde eine weitere Untersuchung gemacht und man begann, den weiteren Verlauf der Behandlung festzulegen.

„Ich versuchte bei den meisten Untersuchungen in der Klinik dabei zu sein, da ich medizinisch nicht ganz unbewandert bin, als gelernte Hebamme und Ergotherapeutin. Das hat uns sehr geholfen, vieles besser zu verstehen, und vier Ohren hören mehr als zwei!

Dabei kam auch zum ersten Mal das Wort „Amputation" vor.

Bei mir gingen bei dem Wort alle Alarmglocken an.

„Amputation?"

Dieses Wort klang nach Endgültigkeit. Etwas, was man nicht wieder rückgängig machen kann.
Bei diesem bloßen Gedanken bekam ich schon leichte Schweißausbrüche und es verschlug mir die Sprache.

Aber was sollte da amputiert werden?

Zuerst sprach man nur von dem einen oder anderem Zeh. Vor allem der eine Zeh mit der Wunde sah nicht gut aus.
Hier rechnete man mit einer beginnenden Blutvergiftung.

Gut, das hörte sich dann doch nicht so schlimm an. Denn damit könnte ich leben.

Aber man wollte alles tun, um dieses zu verhindern.

Also wurden beide Füße noch einmal entsprechend bearbeitet und neu verbunden.

Dies hieß für mich, weitere Tage im Bett liegen bleiben und zur Bewegungsunfähigkeit verdammt zu sein.

Zwei große Behältnisse, welche für den Blutabtransport aus den Füßen zuständig waren und an meine beiden Füßen angeschlossen waren, taten das Übrige.

Die nächsten Tage sollten über die weitere Vorgehensweise entscheiden.
So musste ich mich wohl oder übel damit abfinden, noch weitere Tage im Krankenhaus zu verbleiben.

„In dieser Zeit ging es gefühlt erst einmal nur bergab und ich stellte mir die bange Frage:

„Wann sind wir unten angekommen und wann geht es langsam wieder nach oben?"

So konnte ich nur jeden Abend beten, dass wir das Los annehmen und auf eine positive Wendung hoffen können, und dankbar bin für jeden Tag, der nicht schlechter wurde!

Da passieren Dinge zwischen Himmel und Erde, die kann man nicht erklären, die passieren einfach und dann kann man sie nur annehmen oder mit seinem Schicksal hadern.

Ich kann meinen Mann nur unterstützen, mit seinem Los fertig zu werden, annehmen muss er es, leben werden wir beide es.

Ich verbrachte viele lange Tage im Krankenhaus, wenn es ging, versuchten wir nach draußen zu kommen, um ein wenig Abstand zu gewinnen und noch etwas von diesem herrlichen Sommer mitzubekommen. Denn es sind die kleinen Dinge, die das Leben ausmachen. Die Ente zum Beispiel, die mit ihren kleinen Küken den kleinen Kanal entdecken, oder die Blumen in den Beeten mit ihren tollen Farben und Formen, die Wärme der Sonne. Aber was viel wichtiger war, war die gemeinsame Zeit, die wir miteinander verbringen durften, trotz aller Sorgen!"

Die Entscheidung

Nachdem ich die Zeit „abgelegen" hatte stand eine erneute Untersuchung an.
Sie brachte keine neuen Erkenntnisse, nur die Sorgenfalten auf der Stirn des Arztes verhießen nichts Gutes.
Man wollte der Sache aber noch ein paar Tage mehr Zeit geben, bevor man eine endgültige Entscheidung treffen wollte.

Das hieß aber für mich: Weiter liegen bleiben und hoffen, dass eine Verbesserung der Wunden eintritt.

Ansonsten...?

Das waren ja keine guten Aussichten, die man mir machte.

Ich versuchte, weiterhin optimistisch zu bleiben in der Hoffnung, dass sich noch alles zum Guten wenden würde.

Ob meine Zuversicht zerstört wird, sollten die nächsten Tagen zeigen.

Ich tat alles, um eine gute Miene zu machen, trotz einer vielleicht notwendigen Operation.

Aber daran wollte ich in diesem Moment nicht denken!

Dann fünf Tage später:

Ich wurde plötzlich an einem frühen Morgen in den OP-Saal geschoben, wo man sich meine Füße noch einmal ganz genau anschauen, sowie einige Hautfetzen entfernen wollte.

Auch danach war man sich von Seiten der Ärzteschaft noch nicht ganz sicher wie der weitere Weg aussehen sollte.

Man legte fest, dass eine zweite OP folgen sollte, um die losen Hautfetzen weiter zu entfernen, da ein Anwachsen der alten Haut nicht gegeben sei.

Zwei Tage später folgte die zweite OP.

Dann sollten die Füße noch für ein paar Tage in einer Folie Vakuum verpackt gelagert werden und dann wolle man endgültig entscheiden, welche weiteren Maßnahmen notwendig sind, um die Füße zu retten.

Mir blieb wieder nichts anderes übrig, als geduldig die Entwicklung abzuwarten.

Meine Frau hatte sich ihren Urlaub auch ganz anders vorgestellt, als den ganzen Tag im Krankenhaus zu verbringen. Aber durch ihre Anwesenheit bekam ich eine gewisse Ruhe und wusste, ich bin nicht allein, was mir in diesen quälenden Tagen der Ungewissheit sehr half.

Denn in den nächsten Tagen musste so oder so eine Entscheidung fallen, da sich die Blutwerte, besonders die Entzündungswerte immer weiter verschlechterten, und man wollte auch kein weiteres Risiko mehr eingehen.

Aber wie sollte die Entscheidung aussehen??

Eine Frage, die uns immer wieder beschäftigte, wenn wir zusammen waren.

Meine Frau holte den alten Rollstuhl aus einer Ecke der Garage hervor, den ich noch aus der Zeit von 2004 hatte, in der meine erste Frau ihn brauchte, da es im Krankenhaus angeblich keinen freien Pflege-Rollstuhl gab, den ich benutzen konnte, um mal nach draußen zu kommen.
Sie reinigte den mittlerweile über vierzehn Jahren alten Rollstuhl und brachte ihn mit ins Krankenhaus. Ich war erstaunt wie gut er sich gehalten hatte.

So kam ich mal raus aus dem Bett und konnte draußen die frische Luft genießen und im Cafè des Krankenhauses mit meiner Frau gemeinsam einen Kaffee und ein Stück Kuchen zu mir nehmen, was wir ja auch zu Hause immer gern einmal getan haben.

Dadurch bekam ich auch mal andere Eindrücke zu sehen, als immer nur die vier Wände in meinem Krankenzimmer, zumal auch die deutsche Mannschaft bei der Fußball - Weltmeisterschaft ein sehr bescheidenes Bild abgab.

Die Tage des Wartens nutzen wir, so oft es ging, zu kleinen Ausflügen auf dem Klinikgelände, zumal das Wetter ja super war.

Da hatten wir einen fantastischen Sommer, meine Frau ihren wohlverdienten Urlaub und wo mussten wir unsere Zeit verbringen?

Im Krankenhaus!

Und das alles nur wegen eines blödsinnigen Pflasters, dass ich erneuern wollte, um nicht eine Blutvergiftung zu riskieren.

Und jetzt?

Man kann es einfach nicht begreifen?

Auf der anderen Seite stand aber noch die Frage im Raume:

Wie geht es weiter?

Was geschieht jetzt?

Welche Behandlung ist notwendig?

Wann kannst du endlich wieder nach Hause gehen?

All diese Fragen stellte ich mir sehr oft abends, wenn ich in meinem Bett lag und nicht einschlafen konnte.
Aber auch, wenn meine Frau bei mir war, dachten wir über diese Fragen nach, ohne eine Antwort darauf zu haben.

Dann sollte der Tag der Entscheidung kommen.

Nachdem meine Füße einige Tage in dieser Vakuumfolie verbracht hatten, wurden sie an einem Vormittag im OP-Saal ausgepackt und man untersuchte beide Füße sehr genau.

Die Gesichter und die Minen des Arztes und der Ärztin verhießen nichts Gutes.

Sie wollten sich über die weitere Vorgehensweise beraten und baten zu einem gemeinsamen Gespräch am frühen Abend.

Was sollte da auf mich noch zukommen?

Für den restlichen Tag war ich irgendwie unruhig, und diese Unruhe übertrug sich auch auf meine Frau.

Immer wieder stellten wir uns die Frage, was würde uns erwarten?

Wir versuchten weiterhin optimistisch zu bleiben und machten uns gegenseitig Mut:

„Das dies schon alles gut verlaufen wird."

Der Abend rückte näher und wir warteten, voller Ungeduld und mit einem erhöhten Pulsschlag auf die Ärzte.

Sie kamen zur vereinbarten Zeit, wir setzten uns und dann sagten sie uns folgendes:

Sie sind nach einer langen und reiflichen Überlegung zu dem Entschluss gekommen sind, dass folgende Operationen notwendig seien:
Dabei sei zu beachten, dass der Zustand der beiden Füße nicht besonders gut sei, wobei ihnen der linke Fuß erhebliche Kopfschmerzen bereiten würde.

Der rechte Fuß mit den Verbrennungen des zweiten Grades scheint sich durch die Behandlung etwas gebessert zu haben, so das man die Möglichkeit sehe, ihn soweit wieder herzustellen, dass er seine Funktionen wieder ausführen kann.

Dies würde bei dem linken Fuß kaum mehr möglich sein, da hier die Verbrennungen einfach zu stark seien, um eine sichere Funktion wieder herzustellen. Hinzu käme, dass zahlreiche Nervenstränge des Fußes offen lagen und dadurch die Gefahr einer auftretenden Blutvergiftung bestehen würde.

Daher gäbe es eigentlich nur zwei Möglichkeiten:

Die erste Möglichkeit wäre:

Den rechten Fuß mit einer Hauttransplantation aus dem Oberschenkel zu retten und hoffen, dass die Haut vom Fuß angenommen wird.

Der linke Fuß wäre aufgrund der Schwere der Verletzung vermutlich kaum mehr zu retten.

Man könnte nun versuchen, am linken Fuß die Zehen zu amputieren und Teile der Haut durch eine Transplantation zu ersetzen.

Aber vermutlich wird dies nicht viel bringen und man müsste vielleicht Wochen später den halben Fuß doch amputieren, was jedoch zu erheblichen Problemen später beim Gehen und einer notwendigen Prothese führen würde.

Dabei kann jedoch nicht ausgeschlossen werden, dass sich weitere Herde von Entzündungen bilden könnten und so eine weitere Amputation nötig würde, was einen weiteren langen Krankenhausaufenthalt bedeuten würde.

Daher würde man lieber die zweite Möglichkeit in Betracht ziehen:

Den rechten Fuß wie schon zuvor beschrieben behandeln und den linken Fuß samt Unterschenkel unterhalb des Knies zu amputieren.

So sei es am sinnvollsten, auch für die spätere Anpassung einer Prothese.

Bei der ersten Ausführung hätte man mit Sicherheit einen Aufenthalt im Klinikum von mindestens einem weiteren Jahr und mindestens zwei oder drei Operationen, wenn alles gut geht.

Bei der zweiten Möglichkeit wäre man, wenn alles gut verläuft, nach drei bis vier Wochen auf dem Weg der Besserung.

Die Entscheidung darüber müsste ich, beziehungsweise müssen wir nun treffen.

„Wozu würden sie uns raten," fragte meine Frau die Ärzte.

„Wenn sie uns ehrlich nach meiner bzw. unserer Meinung fragen, würden wir für die zweite Möglichkeit plädieren, da sie schneller wieder eine Lebensqualität erzielen," bekamen wir zur Antwort.

Diese Diagnose war ein Schock!

Da mussten wir erst einmal heftig schlucken.

Hier wurde allen Ernstes von einer notwendigen Amputation gesprochen.

Ist diese eigentlich nötig?

Gibt es keine andere Möglichkeit der Wiederherstellung der Gliedmaße?

Und jetzt sollen wir eine Entscheidung treffen?

Wir baten um einen Tag Zeit, um in Ruhe darüber nachzudenken. Denn so eine Entscheidung bedeutet ja auch, dass man mit zahlreichen Einschränkungen leben muss. Natürlich auch das man immer auf die Hilfe anderer angewiesen ist.

Wie will man dies überhaupt verkraften?

Warum gab es keine andere Möglichkeit?

Viele Fragen kreisten im Raum umher.

Dabei gab es einen Leidensgenossen, der auf der anderen Seite des Ganges lag.

Er war schon lange hier im Krankenhaus und hatte seine zweite OP nach einer Amputation hinter sich, und ein Ende war noch nicht abzusehen.

Wollte ich auch so enden?

Schwere Stunden

In den nächsten Stunden sprachen wir beide, meine Frau und ich, über die beiden Möglichkeiten, die man uns angeboten hatte.

Dabei stellten wir uns auch die Frage:

Was bedeutet eigentlich Lebensqualität für mich bzw. für uns beide?

Wir gingen noch einmal beide Möglichkeiten intensiv durch:

Auf der einen Seite gab es trotz aller Probleme die ganz vage Hoffnung, auf eine Heilung, beider Füße und Beine.
Gut den Verlust einzelner Zehen könnte man verschmerzen.

Man könnte weiterhin seinen Aktivitäten nachgehen – ohne größere Einschränkungen.

Sollte es aber Komplikationen geben, dann sähe dies alles ganz anders aus.
Ausschließen konnte man dies nicht.
Dies würde dann vielleicht einen Krankenhausaufenthalt, wenn es schlecht lief, von mehr als einem Jahr bedeuten.
Nicht gerade eine aussichtsreiche Angelegenheit.

Gleichzeitig wäre dabei zu bedenken, wie man das seelisch verkraftet. Hinzu kommt die Ungewissheit, ob man dann die Klinik tatsächlich geheilt verlassen wird.

Oder man muss feststellen, dass es ohne eine notwendige Amputation nicht geht und man dann über ein Jahr kostbare Zeit vergeudet hat.
Also stellte sich uns die Frage: Nach zwei oder drei Wochen geheilt aber amputiert nach Hause zu gehen oder eventuell ein Jahr der Ungewissheit mit vielleicht dem gleichen Ergebnis.

Eine Horrorvorstellung!

Aber was sollten wir nun tun?

Da saßen wir in meinem Patientenzimmer und sahen uns verstört an.

Die Vorstellung, dass ich jetzt einen Teil meines Beines verlieren sollte machte mir Angst und ließ mich fast verzweifeln.

Was soll denn dann aus mir nur werden?

Ein Pflegefall?

Wie soll es weitergehen?

Wird meine Frau mich noch so annehmen, wie ich dann bin?

Wird sie damit fertig werden, einen „Krüppel" als Mann zu haben?

Wie wird sie reagieren, wenn wir uns für eine der beiden Möglichkeiten, die zur Diskussion standen, entscheiden würden?

Welche Qualität wird unser Leben dann noch haben?

Wie würden wir beide seelisch und nervlich damit fertig werden?

Werde ich dann wieder eine gewisse Selbstständigkeit erreichen?

Fragen über Fragen!

Und die Antworten?

Gab es die überhaupt?

Die Stunden, die wir gemeinsam grübelten und sprachen, waren nicht ganz einfach und die Skepsis überwog, welche Entscheidung nun richtig sei.

Noch hatten wir einen Tag für die Entscheidung Zeit.

Wir verschoben die endgültige Entscheidung auf den nächsten Tag, denn am Abend sollte noch einmal ein kurzes Gespräch mit den Ärzten stattfinden.

Solange hatten wir also noch Zeit!

Da der Tag noch sehr schön war und die Sonne mit voller Kraft vom Himmel schien, gingen wir noch einmal mit dem Rollstuhl raus und machten einen „Spaziergang" um das Klinikgelände.

Sonst hatten wir immer etwas zu reden, aber diesmal schwiegen wir.

Still gingen wir des Weges.

Jeder war mit seinen Gedanken bei der anstehenden Entscheidung.

Als wir wieder zurück auf mein Zimmer kamen hatten wir einen Besuch von unserer evangelischen Pfarrerin, Frau Ulrike Fendler, die hier im Krankenhaus ihren seelsorglichen Dienst machte.
Eine glückliche Fügung des Himmels?

Dieses Gespräch mit ihr half uns beiden etwas weiter, da wir, was ja auch ganz natürlich war, mittlerweile zu sehr unterschiedlichen Vorstellungen kamen.
Auf der einen Seite war die Sorge von meiner Frau um mich und auf der anderen Seite meine Ängste, die mir meinen Optimismus nahmen bzw. ihn lähmten.

So war dieses Gespräch für uns beide sehr wichtig, da dies auch unsere Nerven, die ja blank lagen, etwas beruhigte.

Wir vereinbarten, dass wir uns morgen noch einmal sehen sollten, bevor wir uns entscheiden müssen, was geschehen soll.
Meine Frau fuhr mit einem unruhigen Gefühl nach Hause, während ich allein im Zimmer zurückblieb.

Die Nacht habe ich sehr unruhig verbracht und konnte kaum geschlafen. Immer wieder ging mein Blick in den nachtblauen, sternenklaren Himmel hinein. Meine Gedanken gingen wie wild hin und her.

Dabei ging es ja eigentlich nur um eine Frage:

„Amputation - ja oder nein?"

Mehr Auswahl hatte ich nicht mehr. Eigentlich ging es nur noch darum, jetzt dem Schrecken ein Ende zu setzen oder ein Schrecken ohne Ende zu haben?

Was war mir lieber?

Immer wieder blickte ich in den sternklaren Himmel und rang mit mir.

Wie sollte ich mich entscheiden?

Wozu sollte ich mich durchringen?

Wollte ich die Sache schnell hinter mich bringen, was ja aus medizinischer Sicht unbedingt notwendig war, oder wollte ich lieber noch qualvolle Monate in der Klinik bleiben?

Ohne zu wissen, wie es ausgehen wird?

Wollte ich mich auf dieses Risiko einlassen?

Ich war regelrecht hin - und hergerissen zwischen den beiden Möglichkeiten. Es war auch egal, welche Entscheidung ich gefällt hätte, denn wenn es schief gegangen wäre, hätte ich immer sagen können:

„Hätte ich mich doch lieber so entschieden..., hätte ich doch so..., dann wäre jetzt...???

Aber konnte ich das?

Ich weiß es nicht?

Es gab einfach zu viele Zweifel, was nun richtig oder falsch ist? Und etwas falsch machen wollte ich nun auch nicht gerade, da diese Entscheidung ja auch über mein weiteres Leben entscheiden würde, darüber wie ich in den nächsten Monaten und Jahren leben wollte.

Als Anhänger der Schönstatt-Bewegung, nahm ich in dieser Nacht ein Bildnis der Gottesmutter in meine Hand und ich sprach mit ihr, wie ich dies schon oft getan habe in meinem Leben, wenn ich ihren Beistand brauchte. Seit Jahren ist sie eine gute Begleiterin von mir und hat mir oft ihren Beistand gewährt.

So sollte es auch diesmal sein!

Gegen Morgen fiel ich in einen tiefen Schlaf und wurde erst durch die Schwestern geweckt, die mit ihrem Dienst begannen.

Meine Frau war an diesem Tag auch schon sehr früh da, da sie es zu Hause einfach nicht mehr aushielt. Denn nun stand die Stunde der Entscheidung an.

Wir nutzten den schönen Sonnentag, nachdem alle notwendigen Untersuchungen durch waren, dazu, heraus zu gehen, um die herrliche Luft zu genießen.

Dabei sprachen wir noch einmal alle Optionen durch, die wir hatten. Eigentlich gab es ja nur zwei Möglichkeiten.

Was mir letztendlich die Entscheidung leicht machte, war die unendliche Liebe, die mir meine Frau in diesem Moment entgegenbrachte, als sie zu mir sagte:

„Mein lieber Schatz, ich habe zu dir damals, als wir geheiratet haben, ja gesagt: Ich werde dich immer lieben, in guten Zeiten, wie auch in schlechten Zeiten.
Ich liebe dich so wie du bist, auch wenn du jetzt etwas verlieren wirst. Das wird dich aber nicht umbringen, sondern dir stattdessen wieder mehr Lebensqualität schenken.

Alle Schwierigkeiten die sich daraus ergeben werden, werden wir beide gemeinsam meistern. Denn nur gemeinsam sind wir stark und können alle Hindernisse überwinden. Wir müssen dies nur wollen."

„Wollen wir dies?"

„Ich stehe an deiner Seite!"

„Also: Wozu sollen wir uns entscheiden?"

Einen kleinen Augenblick zögerte ich noch, nahm meine Frau fest in meine Arme und sagte ihr, mit leiser Stimme:

„Mein Engelchen,

gestern Nacht habe ich mich auch entschieden und werde für die Amputation plädieren. Ich weiß, dass diese gut verlaufen wird und wir es zusammen schaffen werden, dass wieder eine gewisse Normalität in unser gemeinsames Leben kommt."

Danach gingen wir ins Cafè und nahmen unsere beziehungsweise meine „Henkersmahlzeit" ein – eine leckere Currywurst mit Pommes und Salat.

Auch unser Gespräch mit der Pfarrerin und den beiden Ärzten am Abend lief ebenfalls auf diese Entscheidung hinaus.

„Bis es zur endgültigen Entscheidung kam, die Amputation zu akzeptieren, gab es immer wieder andere Überlegungen zu der geplanten Maßnahme. Dies ging von der Amputation von einem bis zu vier Zehen, dann den halben Fuß ... und so weiter.

Da tauchte auch die Frage auf:

„Brauchen wir etwa eine Zweite oder gar eine dritte Meinung?"

„Oder werden wir dadurch noch mehr verunsichert, als wir es schon waren?"

Man hat ja so viel über unnötige Operationen gehört. Aber wo sollte man sich in der Eile hinwenden? Und eine weitere Frage war:

„Ist dies wirklich nötig?"

Nachdem wir dann beiläufig erfuhren, dass der Arzt, der die Operation durchführen sollte, einer der Besten auf seinem Gebiet sei, gewannen wir Vertrauen in seine Fähigkeiten und Aussagen. Er operiert auch die Brandopfer in Nepal, wo er auch an dem Aufbau einer Klinik beteiligt war.
Auch er hatte sich die Entscheidung hinsichtlich einer Amputation nicht leicht gemacht und alle Vor- und Nachteile gegeneinander abgewogen.

Wenn man liebt, ist es wichtig einander zu haben, dann trägt man auch so einen „Schicksalsschlag" gemeinsam. Ich war davon überzeugt, dass wir dies gemeinsam schaffen werden, wieder nach vorne zu schauen und das neue, etwas andere Leben anzunehmen.

Da ich mit meinem Opa, der nur ein Bein hatte, groß geworden war, hatte ich keine Angst vor dieser „sichtbaren" Veränderung.

Mit dem heutigen Stand der Technik wird irgendwann ein relativ, normales Leben wieder möglich sein.

Doch eines ist auch klar, es wird nicht jeden Tag die Sonne scheinen, es kann Regen und Sturm geben, doch so wie dieser Sommer wenig Regen brachte, so ist es uns auch möglich, positiv in die Zukunft zu sehen.

Wichtig ist es wieder gemeinsame Ziele zu haben!

Die Operation

Die OP sollte zwei Tage später stattfinden, jedoch wollte man zuvor noch versuchen bestimmte Blutwerte zu senken, da der Körper hohe Werte einer möglichen Entzündung anzeigte.

In den beiden nächsten Tagen versuchten wir uns über die Situation und die möglichen Folge dieser Entscheidung klar zu werden.
Dabei kamen wir zu dem Schluss, dass die OP notwendig sei und wir nun das Beste daraus machen sollten.

Meine Frau war sogar der Meinung, dass es mir nach der OP besser gehen wird, als wenn sie nicht erfolgen würde.

Auch das Gehen mit einer Prothese würde ich schon sehr schnell lernen.

Ich sollte mir ein Beispiel an die jungen behinderten Sportler nehmen, welche Leistungen, die sie trotz ihres Handicaps erzielen.

Auf meinen Einwand, dass ich ja nicht mehr der Jüngste sei, reagierte sie etwas unwirsch und meinte trocken:

„Was die Jungen können, dass schaffst du auch – vielleicht etwas langsamer, aber du kriegst das auch hin!"

Dann kam der Tag der OP.

Nachdem die Visite durch war kehrte etwas Ruhe im Zimmer ein und ich dachte an die OP, die am Nachmittag stattfinden sollte. Während ich mich gerade darauf moralisch vorbereiten wollte, kam eine Schwester herein und wollte mich zur OP holen, die man vorgezogen hatte. Der Grund dafür war, dass die Blutwerte nicht sehr gut aussahen und die Körpertemperatur an diesem Morgen doch recht hoch war.

Meine Frau wollte an jenem Morgen auch zeitig kommen. Jetzt ging alles so schnell, dass ich noch nicht einmal die Gelegenheit mehr hatte, sie zu informieren, dass ich früher operiert werde.

Als ich gerade aus dem Zimmer geschoben wurde, kam sie mit fliegenden Haaren um die Ecke und konnte mich noch einmal kurz drücken und mir alles Gute wünschen.
Danach musste sie bis zum Mittag warten, ehe sie die Nachricht bekam, dass die OP gut verlaufen sei und ich jetzt auf der Aufwachstation liegen und bald auch wieder nach oben kommen würde.

Wie ging es mir?

Als ich aus der Narkose so langsam aufwachte, versuchte ich meine Beine zu bewegen, aber sie waren noch taub.

Dann kam eine Schwester zu mir ans Bett und sagte mir:

„Die OP ist gut verlaufen. Sie haben jetzt alles überstanden."

Sie fragte mich noch, ob ich Schmerzen hätte, was ich aber verneinte.

So blieb ich dann noch eine ganze Weile auf dieser Station liegen, während andere Patienten abgeholt wurden und auf ihre Zimmer gebracht wurden.

Ich fiel dann wieder in einen leichten Dämmerschlaf, der abrupt endete, als zwei Mitarbeiter vom „Hol- und Bringdienst" mich auf mein Zimmer im anderen Flügel des Krankenhauses brachten.
Meine Frau war überglücklich, dass sie mich endlich wieder hatte und alles glücklich verlaufen war.

An diesem Tag habe ich nicht mehr viel mitbekommen, da ich irgendwie total müde war und einfach nur noch eines wollte.

Schlafen und nochmals schlafen!

Ich war sehr froh, dass meine Frau an diesem Tag noch sehr lange bei mir blieb, denn dies gab mir eine große innere Sicherheit.

So konnte ich in Ruhe einschlafen und den nächsten Tag erwarten.

Die ersten Reaktionen

Am anderen Morgen:

Ich war schon mit dem Sonnenaufgang wach geworden und lag in meinem Bett und dachte über meine jetzige Situation nach.
Dabei spürte ich eine besondere Leichtigkeit in meinem linken Bein. Nun ja, dachte ich noch so bei mir, da fehlt ja jetzt eine ganze Menge. Bei diesem Gedanken bekam ich ein ganz komisches Gefühl in meiner Magengegend, welches aber zum Glück wieder schnell verschwand.

Danach versuchte ich einen Blick auf mein rechtes Bein zu werfen, aber viel konnte ich nicht sehen, da alles noch mit dicken Verbänden versehen war.

Jedoch konnte ich schon leichte Bewegungen mit den Zehen ausführen.

Darüber war ich schon sehr froh und glücklich.

Mein großes Glück war es, dass ich keine Schmerzen verspürte. Vermutlich hätten sie mich in den Wahnsinn getrieben.
Aber irgendwie blieb ich davon verschont. Andere Zeitgenossen haben nach solchen Operationen zum Teil sehr große Probleme überhaupt zur Ruhe zu kommen.

Trotzdem musste ich viele Schmerztabletten schlucken, was mir nicht so gefiel. Aber ich wollte ja auch wieder zügig nach Hause kommen.

Noch musste ich mich gedulden, was mir nicht einfach fiel. Da musste ich halt durch.

An diesem Tag war meine Frau ebenfalls schon sehr früh bei mir, und wir nahmen unser Frühstück gemeinsam ein.
Meine Frau war froh, dass ich alles so gut überstanden hatte und schon wieder kleine Scherze machen konnte.

Besonders gut fand ich den Spruch, den wir auf einem Verband am Oberschenkel fanden:

Hier stand mit großen Buchstaben geschrieben:

„Nicht entfernen! Sonst Hände ab!!!" ....

Als ein Pfleger den Verband wechseln wollte machte ich ihn darauf aufmerksam. Er las kurz den Text, schaute auf und mich erschrocken an und sagte nur noch ein Wort „Sorry" und verschwand aus dem Zimmer.

Die Warnung wirkte!

Bei meinen ersten Wegen ins Bad konnte meine Frau mir helfen, denn jetzt wurde mein „Rolli", wie ich meinen Rollstuhl getauft hatte, mein ständiger Begleiter.

Gleichzeitig konnte ich hier mit Hilfe meiner Frau das Umsteigen vom Rolli auf die Keramik und auf das Bett üben, was in den ersten Tagen gar nicht so einfach war.

Trotz der starken Behinderung drang meine Frau darauf, dass wir das schöne Wetter ausnutzen und auf dem Klinikgelände spazieren gehen beziehungsweise fahren sollten, damit ich mal wieder aus dem Krankenzimmer kam und etwas anderes sah.

So wurde unser regelmäßiger Gang, der Weg ins Cafè, wo wir ein wenig von den Geschehnissen abgelenkt wurden und bei einer Tasse Kaffee und einem Stück Kuchen die weiteren Schritte planten, die notwendig wurden, wenn ich wieder nach Hause kommen konnte.

Denn hier musste noch einiges verändert werden!

Da ich jetzt auf einen Rollstuhl angewiesen war, stellte sich hier schon die erste Frage:

Komme ich mit dem Rollstuhl ins Bad und zum WC hin?

Sind die Türen breit genug für den Rollstuhl?

Müssen wir Möbel umstellen, damit ich mich überall im unteren Bereich der Wohnung bewegen kann?

In der Theorie sah dies gar nicht so schlecht aus. Ob es sich auch in der Praxis so darstellen würde, dass musste sich erst noch zeigen.
Und eine ganz andere Frage stellte sich uns:

Wo sollte ich bzw. wir zukünftig schlafen?
Die steile Treppe zu den Schlafräumen konnte ich zumindest in der ersten Zeit nicht bewältigen. Hier fehlten sämtliche notwendigen

Sicherheiten.
Je weiter wir darüber nachdachten, desto mehr Fragen tauchten auf.

Fragen die gelöst werden mussten!

Mit der Umsetzung wollte meine Frau sofort beginnen, damit ich, wenn ich nach Hause käme, alles so vorfände, dass ich zurecht kam.
Alles musste so sein, dass ich auch alleine zu Hause bleiben konnte und überall hin kam.

Dazu musste nun auch eine neue Schlafmöglichkeit geschaffen werden.

Meine Frau kam auf die Idee, unsere jetzige Couch gegen eine sogenannte Schlafcouch zu tauschen. Schnell hatte sie eine im Handel gefunden.

Von den Maßen passte sie auch sehr gut in die Ecke hinein, wo die bisherige Couch stand.

Gesagt – getan!

Patrick und Jenny halfen ihr dabei. Sie holten die Schlafcouch ab und bauten sie auch gleich auf.
Die Wohnzimmercouch fand den Weg nach draußen, auf unsere neue, überdachte Terrasse, die wir ja noch vor meinem Unfall gemeinsam erbaut hatten.

In einer relativ kurzen Zeit hatten meine Frau, Patrick und Jenny alles so vorbereitet, dass ich wieder nach Hause kommen konnte.

Dafür einen ganz besonderen lieben Dank an die Drei.

Aber wie sollte es jetzt weiter

gehen?
Immer wieder kam ich, trotz aller liebevollen Unterstützung meiner Gattin, ins Grübeln.

Bin ich jetzt immer auf die Hilfe anderer angewiesen?

Muss ich jetzt auf alles verzichten?

Wie soll mein Leben jetzt aussehen?

Kann ich je wieder selbst mit dem Auto unterwegs sein?

Wie wird das Leben mit einer Prothese werden?

Muss ich vielleicht noch einmal operiert werden?

Werde ich die gleichen Probleme haben wie viele andere auch, zum Beispiel mit den sogenannten Phantom-

Schmerzen?
Wie werde ich mein Leben zuhause gestalten können?

Bin ich für meine Frau eine bleibende Belastung?

Wie gehen andere mit einer solchen Behinderung um?

Aber eine ganz andere, vielleicht die entscheidende Frage war:

Wie werde ich selbst jetzt mit meiner Situation umgehen?

Diese Frage musste ich zuerst für mich selber beantworten, bevor alle anderen Fragen abgearbeitet werden konnten.

Kann ich „ja" zu meinem Unglück sagen, es annehmen und aus der Situation das Beste machen?

Wie stand ich zu dieser Frage?

Ich habe sie mir oft gestellt!
Wollte ich - oder nicht?

Diese Entscheidung musste ich für mich selber fällen. Dabei konnte mir keiner helfen.

In dieser Zeit gab es Tage die mich verzweifeln ließen.

Oft klappte Nichts. Alles fiel mir schwer, selbst so banale Dinge wie, mich im Bett aufzurichten oder mich auf eine andere Seite zu legen.

Auch der Weg ins Bad war mit Mühsal verbunden, und ich brauchte dafür immer eine Hilfe.
Da wollte ich einfach nur noch liegen bleiben und nichts mehr tun.

Konnte dies aber eine Lösung sein?

Zu meinem Glück gab es davon nicht so viele Tage, sonst hätte ich leicht depressiv werden können.

Aber davor bewahrte mich meine Frau mit ihrer Präsenz, ihrer Zuversicht und ihrer Fröhlichkeit.

Ein weiteres taten die täglichen Spaziergänge rund um das Klinikgelände, bei herrlichem Sommerwetter.

Trotzdem kämpfte ich jeden Tag gegen irgendwelche Unbilden, die sich durch die Behinderung ergaben.

Mit jedem Tag, mit jeder Routine, mit jeder zusätzlichen Sicherheit, die ich erzielte, wurden die Probleme kleiner und mehr und mehr Zuversicht stellte sich ein.

Natürlich bleiben viele Fragen noch unbeantwortet, wie zum Beispiel:

Was wird kommen, wenn du wieder zuhause bist.

Wir wird die weitere Behandlung aussehen?

Wie wird das Gehen mit einer Prothese werden?

Welche Probleme tauchen dann auf?

Wird dir eine REHA – Maßnahme etwas bringen?

Wie findest du den Weg in eine gewisse Normalität zurück?

Alles Fragen, die auf eine Antwort warteten.

Weitere Untersuchungen ergaben, dass die Wundheilung – trotz meiner Diabetes - gute Fortschritte machte. Auch das gab mir Auftrieb.

Auch die vielen aufmunternden Worte von der Ärzteschaft und dem Personal bei der täglichen Wundbehandlung, halfen mir sehr!

Nun hatte ich mich zu entscheiden:

‚Nehme ich meine Lage so an wie sie ist, oder hadere ich mit meinem Schicksal.

Eigentlich hatte ich keinen Grund, mit meinem Schicksal zu hadern, denn trotz der widrigen Umstände war die Operation gut verlaufen, die Chancen auf einen guten Heilungsverlauf standen optimal.

Selbst mein Langzeit-Blutzuckerwert hatte sich während des langen Krankenhausaufenthaltes stetig verbessert.

Was wollte ich eigentlich mehr?

Es gab doch so einige Lichtblicke – auch in meiner neuen Lebenssituation.
Aber wie der Mensch gestrickt ist, will er immer mehr, als er haben kann.

Es war lästig, immer auf den Rollstuhl angewiesen zu sein – aber zu diesem Zeitpunkt war er für mich das sicherste Mittel der Fortbewegung.
Alles andere, wie Geh-Bock oder gar die Gehhilfen waren mir nicht geheuer und einfach zu unsicher. Ich hatte ja nur noch ein Bein zum Stehen und Laufen.

Voraussichtlich haben mich damals Berichte von Leidensgenossen, die das gleiche Schicksal wie ich erlitten hatte und dann doch gestürzt waren...: erneute Operation, noch mehr Verunsicherung...!

Da machte ich mir schon so meine Gedanken!

Solche Berichte ließen mich wieder zaghaft und unsicher werden.
Wie würde es mit mir

weitergehen?
Vielleicht ist es mein Glück, dass ich in meinem Leben stets versucht habe, aus allen Lebenslagen das Beste zu machen und nicht zu klagen, stattdessen die Ärmel aufzukrempeln und zu versuchen die Lage zu verbessern.

Vielleicht war gerade nun der Zeitpunkt, um zu sagen:

„Gut, ich hatte das Pech mit dem Unfall, was sich leider nicht mehr ändern lässt, aber nun will ich nach vorne schauen und das Optimale aus dieser misslichen Lage herausholen.

Denn dann wird dein Leben und das deiner geliebten Frau wieder lebenswert.

Nun sage ich also „ja" zum Leben, nehme die Behinderung an und versuche, daraus das Beste zu machen, ohne auf andere zu schauen.

Denn nur die eigene Kraft kann mir über alle Schwierigkeiten hinweghelfen, die sich vor mir auftürmen.

Sicherlich gibt es Zeiten, wo du regelrecht verzweifelst, wegen irgendwelchen, vielleicht auch nichtigen Unzulänglichkeiten, die deinen Weg kreuzen.

Deshalb ist mein „JA" so wichtig, denn es gibt mir genau das Selbstbewusstsein, dass ich brauche, um den neuen Anforderungen gerecht zu werden. Und die sind nicht gerade gering!

Aber zu dem eigenen „Ja" gehört auch, dass „Ja" des Partners/ der Partnerin. Sein „Ja", seine Liebe sind in diesen Momenten der Motor, der einem Mut gibt. Für mich hieß das konkret:
Meine Frau war ausschlaggebend dafür, dass ich nicht verzweifelt war, sondern meinen Blick immer wieder nach vorne gerichtet

habe.

„Gerade in dieser Phase war es sehr wichtig, mit meinem Mann gemeinsam neue, erreichbare Ziele zu setzten.

Da war ein erstes Ziel, mit der tollen Unterstützung von Jenny und Patrick, das neue Schlafsofa zu holen und aufzubauen, damit wir gemeinsam unten schlafen konnten, da ein Erklimmen der steilen Treppe nach oben ins Schlafzimmer für meinen Mann noch nicht möglich war. Ferner musste eine Rampe im Wintergarten gebaut werden, um mit dem Rollstuhl eine vorhandene Stufe zu überbrücken, damit mein Mann, auch den Weg zurück in die Küche alleine bewältigen konnte. In der Toilette mussten Haltegriffe montiert werden, damit das Umsteigen aus dem „Rolli" auf die „Keramik" erleichtert und sicherer wurde.

Aber alles wurde geschafft!
Ein fernes Ziel hatten wir auch noch: Wir hatten uns lange vor dem Unfall Karten für ein Konzert von Angelo Kelly und seiner Familie gekauft. Dieses würde Ende November stattfinden.

Sollte dies ins Wasser fallen?

Ich sagte damals:

Dies wird unser erstes, Fernziel sein und wir werden gemeinsam dort hingehen und allen zeigen, was möglich ist, wenn man nur will!

Gleichzeitig muss ich auch sagen, dass es mir lange nicht immer leicht fiel, lächelnd das Krankenzimmer zu betreten, da auch ich jede Menge Ängste hatte.

Was konnte nicht alles

passieren?
Embolien oder gar eine Sepsis, oder ein Sturz, oder auch Tage, wo „mein" Fritz einfach durchhing und ich Motivation für zwei brauchte.

Es waren beileibe keine einfachen und unbeschwerten Tage, die ich im Krankenhaus verbrachte."

Erste Schritte

Wer jetzt glaubt, dass es einfach ist, aus dem Krankenhaus nach Hause zu kommen und Normalität zu erleben, den muss ich leider enttäuschen.

Im Krankenhaus waren meist immer irgendwelche Pfleger/innen zur Hand, die mir halfen, wenn ich mit irgendetwas nicht zurecht kam.

Aber zu Hause?

Solange meine liebe Gattin zuhause war, ging alles fast wie von selbst. War ich aber allein zu Hause, dann sah die Welt plötzlich ganz anders aus.

Da fielen mir die einfachsten Wege schwer, Unsicherheiten kamen auf, ich bekam Angst vor Stürzen, ich traute mich oft nicht, einfach aufzustehen. Wenn ich konnte, blieb ich deswegen einfach sitzen.

Nur eins von vielen Beispielen, wo ich regelrecht verzweifelte:

Wir hatten einen Arzttermin am späten Nachmittag und meine Frau war noch unterwegs. Ich wartete auf ihre baldige Rückkehr, da die Zeit schon mächtig drängte.
Also fuhr ich mit dem Rollstuhl durch die Wohnung und suchte mir mühsam meine Sachen zusammen, die ich für den Arztbesuch brauchte. Es war ein langes Unterfangen, bis ich die paar Sachen beieinander hatte.
Dann begann ich, mich umzuziehen bzw. neu

anzuziehen.
Dies artete fast in ein Drama aus.
Hemd und Pullover gingen gerade noch so. Aber wie sollte ich die Jeans über mein Bein bekommen, bei dem ich fast kaum an den Fuß heran kommen konnte, um den Hosenrand über den Fuß zu ziehen? Zahlreiche Versuche scheiterten kläglich.
Das Hosenbein der Jeans war einfach zu eng, um dieses über die Fußprothese zu ziehen.

Also was sollte ich machen?

Nachdem alle Bemühungen daneben gingen, blieb mir nur noch die eine Möglichkeit, meine Prothese abzulegen und dann zu versuchen, die Hose anzuziehen.
Wenn man jetzt denkt, dies dürfte doch keine Probleme bereiten, der wird getäuscht. Sie fingen jetzt erst richtig an.

Denn ohne die Prothese gibt es einfach keine Standsicherheit!

Im Rollstuhl zu versuchen die Hose anzuziehen, ist ein mehr als gewagtes Unternehmen, zumal der Platz auf der Sitzfläche sehr beengt ist, aufgrund der Bauweise und es die Gefahr besteht, dass der „Rolli" weg rollen kann, da die Bremsen nicht sehr standfest sind.

Wenn man sich jetzt einmal bildlich folgende Szene vorstellt:

Ich sitze in diesem engen Rollstuhl und will mir die Hose anziehen. Gut – über die Beine bekomme ich die Hose mit etwas Mühe und Glück gezogen, vielleicht noch bis zu den Knien.

Und dann?

Aufstehen kann ich ja nicht, da ja ein Bein seiner Prothese beraubt worden ist und der „Rolli" einfach keine Standsicherheit hergibt.

Ich bin ja allein!

Jetzt ist guter Rat teuer!

Irgendwie muss ich die Hose nach oben ziehen. Aber wie? Ich sitze im Rollstuhl, die Hose nur halb an, die Prothese steht etwas abseits von mir und strahlt mich an, während ich darüber nachdenke, wie ich meine Hose nun endgültig anziehen kann?

Es muss eine andere Lösung her!

Aber welche?

Ich schaue mich im Raum um.

Mein Blick fällt auf meine Schlafcouch, die im gleichen Raum steht. Mit viel Mühe und Muskelkraft rolle ich zu der Couch.

Jetzt kommt noch einmal eine kritische Situation auf mich zu. Das Umsteigen vom Rollstuhl auf die Kante der Couch.
Hier kann ich schnell den Halt verlieren, wenn das Polster der Couch zu stark nachgibt oder ich nicht weit genug hinein gegriffen habe, um eine vernünftige Auflagefläche für die Hand zu bekommen.

Ist das Umsteigen gelungen und ich sitze auf dem Rand der Couch, dann frage mich erneut, wie soll es weitergehen? Aufstehen geht ja nicht – ohne Hilfe.

Also lege ich mich auf den Rücken und versuche nun, unter rhythmischen Bewegungen, wie ein Käfer, der in der Rückenlage liegt und sich verzweifelt bemüht wieder in die Normalstellung zu gelangen, die Hose in die richtige Lage zu bringen.

Mit einer enorm großen Kraftanstrengung gelingt mir dieses.

Ich atme auf und will mich weiter anziehen.

Wer glaubt, ich hätte es jetzt geschafft, den muss ich leider wieder enttäuschen!

Nein, jetzt stehe ich vor dem nächsten Problem:

Wie kriege ich meine Prothese wieder an mein Bein?

Ich rolle mein Hosenbein auf, dort wo die Prothese hin muss, und muss feststellen, dass die Idee mit dem Aufkrempeln des Hosenbeines keine sehr gute Idee war, denn ich komme nur bis zum unteren Knieende und dann ist Schluss. Dabei müsste ich noch mindestens 15 cm höher aufkrempeln, aber das gibt das Hosenbein der Jeans nicht her, da sie im unteren Bereich recht eng ist.

So bekomme ich nur unter der größten Kraftanstrengung und nach zahlreichen vergossenen Schweißperlen auf der Stirn die Prothese auf meinen Stumpf aufgezogen und kann sie letztendlich auch befestigen.
Was ich aber jetzt nicht kann ist, das Hosenbein über die Prothese zu ziehen, da der Schaft meiner Prothese nicht mit dem Ende meiner Hose kommunizieren

möchte.
Verzweifelt gebe ich auf und warte auf die Hilfe meiner Frau, die hoffentlich bald kommen wird.

Bedeutet dies der erste Schritt zurück in eine Normalität?

Das kann ich so nicht behaupten.

Es ist eher die Hilfslosigkeit und die Unerfahrenheit meiner Person, mit solch an sich leichten Aufgaben, solche enormen Probleme zu haben.

In diesen Situationen kann ich jeglichen Mut verlieren und mich einfach nur noch aufgeben.

Aber heißt es nicht so schön:

„Der Mensch wächst mit seinen Aufgaben?"
Nun ja, das mag zwar sein, aber der Alltag sieht manchmal leider

anders aus.
Aber solch kleine, ja fast banale Situationen lassen mich (fast) verzweifeln.

Oder wenn ich mal nachts raus muss, dann muss ich unter der größten Vorsicht aus dem Bett raus in den Rollstuhl umsteigen. Besonders kritisch wird es, wenn ich mir kein Licht anmachen kann, da der Schalter zu weit entfernt ist. Ferner das Anlegen der Prothese einfach zu lange dauert und oftmals auch einfach nur nervig ist.
Dabei hat man nicht immer die Zeit die man braucht, um noch rechtzeitig auf das Klo bzw. die Keramik zu kommen.

Oder ich bin immer auf ein Hilfsmittel angewiesen, wie z. B. beim gemeinschaftlichen Einkauf oder bei einem Arztbesuch.

Immer muss ich entweder den „Rolli" oder den Rollator mitnehmen, welche den knappen Platz im Auto wegnehmen.

Da gibt es dann oft Probleme, den Einkauf unterzubringen. Mal ganz zu schweigen von den Parkproblemen.

Bis man mal einen Behinderten-Parkausweis von den Behörden bekommt, der dich berechtigt, einen solchen Parkplatz einzunehmen – das dauert! Nach einem halben Jahr habe ich immer noch keinen Ausweis!

Oder ich bin wütend, weil ich mir morgens nicht sofort meine Prothese angezogen habe, sondern dies erst nach dem Frühstück tun wollte. In der Zwischenzeit hatte sich Wasser in meinem Stumpf angesammelt, der Stumpf ist dick geworden und die Prothese geht schwerer darüber. Dies kann dann locker

eine halbe Stunde dauern.
Oder nur allein das Anziehen einer Hose bereitet einem große Probleme.

Im Sommer ging dies ja noch, da konnte man noch kurze Hosen tragen. Hier war das Beinkleid großzügig bemessen.

Aber bei einer Jeans?

Wenn man die alleine anziehen musste, dann war man schnell einem Herzinfarkt sehr nahe. Durch die Enge des Beinkleides bekam man die Prothese kaum durch das Hosenbein.

Da ist man leider auf Hilfe angewiesen.

Dabei gab es noch eine kleine Episode, die für die Schwierigkeiten typisch ist:

Die Prothesen-Episode

Ich war mal wieder alleine zu Hause und hatte in aller Ruhe und zahlreichen „Fahrten", mit dem Rolli, zwischen Wintergarten und Küche den Frühstücktisch abgeräumt und bin danach ins Bad gefahren, um mich zu rasieren.
Bis hier war die Welt noch halbwegs in Ordnung.
Mittags machte ich mir eine Kleinigkeit zu essen und merkte, dass ich Spiel in meiner Prothese hatte und wollte zusätzlich einen sogenannten Füllstrumpf anziehen.
Ich setzte mich auf unsere Couch und wollte die Prothese lösen.

Aber so sehr ich mich auch anstrengte, ich bekam das verdammte Ding einfach nicht mehr von meinem Stumpf

herunter.
Ich konnte die Taste für die Freigabe des Liner aus der Prothese drücken wie ich wollte, aber so sehr ich auch drückte und daran zog, ich bekam die Prothese einfach nicht gelöst und herunter.

Ich musste mal wieder warten, bis meine Frau von ihrer Arbeit zurück kam.

Dies nutzte unser Kater Moritz natürlich gleich aus, da dies ja etwas Neues in unserem Haushalt war, nach dem Motto:

„Wenn mein Diener dort drin sitzt, dann kann ich das auch?"

„Oder?"

An die neuen Hilfsmittel, die jetzt dort in den Räumlichkeiten umher standen, hatte er sich erstaunlich schnell gewöhnt und der „Rolli" wurde zu seiner zweiten, geliebten Schlafstätte.
Da half bisweilen nur ein energisches:
„Mach mal Platz, jetzt brauche ich den Rolli!"
Nur sehr widerwillig gab er seinen geliebten Platz auf.

An diesem Tag wollte auch der Chef vom Sanitätshaus noch zu uns kommen.

Als meine Frau dann endlich zu Hause war, versuchten wir es gemeinsam, die Prothese vom Stumpf herunter zu bekommen. Aber wir bekamen das Ding einfach nicht herunter.

So mussten wir gemeinsam auf Hilfe warten!

Dabei hatten wir zu unserem Pech auch noch einen anderen, zweiten Termin beim einem Optiker.

Zum Glück konnten wir den Termin noch etwas nach hinten verschieben, zumal der Chef vom Sanitätshaus sich auch etwas verspätete.

Als er kam versuchten wir es zu dritt, um mich von der Prothese zu befreien, aber alle Versuche misslangen.

Also mussten wir die Prothese in verschiedene Einzelteilen zerlegen, um das Problem zu lösen.
Nachdem dies geschehen war, dauerte es noch eine ganze Weile, bis ich von meinem „Ding" befreit war.

Und was war die Ursache?

Da hatte sich doch tatsächlich ein kleiner Teil des Strumpfs, der über den Liner gezogen wird, um das Gewinde der Kontaktschraube vom Liner zur der Prothese gewickelt und so eine Sperre bewirkt, die nicht gelöst werden konnte.

Kleine Ursache – große Wirkung!
Alles kleine Alltagshürden, die es gilt zu überwinden.
Aber nicht nur diese kleinen Hürden im Alltag machen einem das Leben schwer, sondern auch oftmals die Prothese selbst.

Da sich der Stumpf, je nach Aktivität, sich während des Tages verändern kann, ist auch das Trageverhalten der Prothese oft problematisch.
Entweder man kommt nicht hinein, oder man muss die Unterschiede zwischen Stumpf und Prothese mittels zahlreicher Strümpfe ausgleichen.

Manchmal, über den Tag verteilt, mit bis zu sechs Ausgleichstrümpfen!

Dadurch wird natürlich auch das Gehen mit der Prothese schwieriger.
Manchmal habe ich das Gefühl, als würde ich einen Schaltknüppel im Auto durch die Schaltkulisse „führen" und keinen Gang finden kann. So ist dies auch hier. Ich „eiere" regelrecht durch die Gegend.

Dann heißt es wieder:

Bein unter den Arm nehmen und ab zum Sanitätshaus, um es neu anpassen zu lassen.

Nicht immer klappt das Anpassen auf Anhieb, dann muss ich nochmals hin und wieder eine Kleinigkeit verändern lassen.

All dies alles kostet Nerven, Zeit und Kraft.

In der REHA

Bei mir ging es, als ich wusste, wann mein Start in die REHA – Maßnahme war, wieder einmal sehr hektisch zu.

Meine OP-Wunde heilte nach der Amputation eigentlich ganz gut ab, bis auf zwei kleine Stellen, die noch etwas Wundsekret ausstießen. Damit konnte der Einsatz eines sogenannten „Liners" noch nicht stattfinden, ihn brauchte ich aber unbedingt für das Anlegen der Prothese.

Erst eine Woche vor dem Start in die REHA konnte ich den Liner zum ersten Mal anziehen und stieg zum ersten Mal in eine Prothese hinein.

Ein mehr als merkwürdiges Gefühl.

Auf der einen Seite hatte ich nun einen Ersatz für den verlorenen Fuß, zum anderen trug ich nun ein Teil mit mir herum, das sich so gar nicht nach einem Fuß anfühlte.
Ich hatte das Gefühl, ich trage einen Fremdkörper mit mir herum. Besonders beschwerlich war es, wenn die sogenannten Phantom-Schmerzen auftraten und ich der Meinung war, unter dem Zehen-Ballen müsste ich mich jetzt kratzen.

Alles war zu dieser Zeit für mich recht ungewohnt, denn bis dato bin ich auch ohne Prothese ganz gut zurechtgekommen.

Jetzt hatte ich zum ersten Mal ein Hilfsmittel an meinem Fuß und wusste noch nicht so recht, wie ich damit umgehen sollte.

Die Mitarbeiter in der REHA – Klinik Bad Zwischenahn waren alle sehr nett und stellten sich auf meine Schwierigkeiten, die ich noch mit dem neuen Hilfsmittel hatte, sehr gut ein.

Mit jeden Tag wurde ich sicherer, was mich aber dennoch davon abhielt, mich in irgendeiner Form zu überfordern.

Ich hatte mir vorgenommen, alles langsam und in Ruhe anzugehen, damit ich mehr Vertrauen in die neue , für mich auch fremde Technik und auch mein Selbstvertrauen ausbauen konnte.

Denn zu oft habe ich von Stürzen erfahren, die nicht immer gut ausgegangen waren und für die Betroffenen weitere Behinderungen und Belastungen brachten.

Mit jeder Behandlung wurde ich selbstsicherer und vertraute immer mehr der Technik.
Aber auch hier gab es jene Tage, wo nichts so recht passte und ich mich irgendwie behelfen musste.

Da passte mal die Prothese nicht oder ich hatte Schmerzen im Stumpf.

Zu meinem Glück hielten diese Phasen nicht immer lange an.

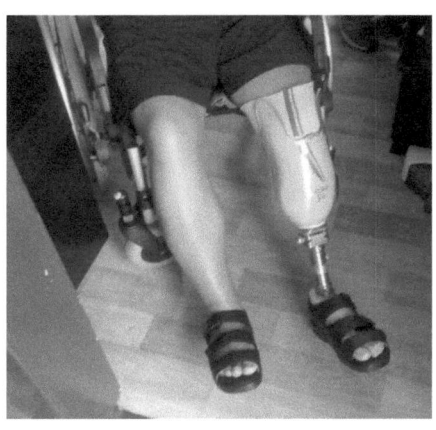

Trotz aller Anpassungsschwierigkeiten konnte ich dennoch an allen Verordnungen teilnehmen.

Besonders die Aufgaben in der „Muckibude" hatten es mir angetan. Hier wurde ich wieder an meine alten Zeiten meiner Sportaktivitäten, wo ich Fußball, Tennis und Squash gespielt habe, erinnert und ging mit Begeisterung an diese Aufgaben oder Übungen heran.

Mit jedem Tag merkte ich, wie sich meine Muskeln neu bildeten und den neuen Anforderungen standhielten.

Aber dennoch musste ich jede Übung, die ich mit machen sollte, langsam und bedächtig angehen, um ein mögliches Risiko einer Verletzung auszuschalten.

Mit der Zeit wurde ich immer sicherer und traute mir mehr zu.

Schnell verließ ich den Rollstuhl, um meine ersten Schritte mit dem Rollator zu machen. Dabei kam ich mir vor, wie ein Kleinkind, das gerade anfängt, laufen zu lernen.

Die ersten Schritte waren mühsam. Auch die Haltung musste immer wieder korrigiert werden.

Man brauchte schon etliche Meter, um den Ansprüchen der Therapeuten zu genügen.

Zudem musste ich aber auch erst einmal Vertrauen in die neuen Hilfsmittel bekommen, die mich jetzt und in nächster Zukunft begleiten würden.

Auch mein Kopf, mein Gehirn mussten sich an die neue Lage gewöhnen, was manchmal gar nicht so einfach war, besonders dann nicht, wenn es wieder mal Schwierigkeiten mit der Prothese gab oder wenn man selbst keinen guten Tag hatte.

Dann wäre ich lieber im Bett geblieben.

So musste ich mich jeden Tag neu dazu zwingen, aufzustehen, weiter an mich zu glauben und daran zu arbeiten, die alltäglichen Unzulänglichkeiten zu bewältigen.

Und davon gab es leider mehr als genug!

Den Kopf in den Sand stecken wollte ich nicht.

Ich wollte so schnell es ging wieder in eine Normalität zurückkommen und mein Leben wieder selbst in die Hand nehmen.

Ich kann mich noch sehr gut daran erinnern, als der Termin für die REHA anstand und mein Mann nicht gerade vor Begeisterung sprühte und meinte:

„Was soll das denn für mich zu diesem frühen Zeitpunkt bringen?"

Doch schon nach den ersten Tagen war er viel optimistischer und ließ sich von mir zu Anfang der Maßnahme im „Rolli" hin schieben, da er ja seine Prothese gerade mal ein paar Tage hatte und dadurch stark verunsichert war.

Wochen später ging es dann schon mit dem Rollator in die REHA. Die Verlängerung brachte ihn noch ein Stück weiter.

Wenn ich heute zurückblicke, dann weiß ich nicht, wir wir dies alles geschafft haben.
Um rechtzeitig in die ambulante REHA zu kommen, mussten wir meist schon gegen fünf Uhr morgens aufstehen, um uns in Ruhe fertig zu machen.

Dabei immer hoffend, dass er die Prothese auch anziehen konnte und nicht über eine halbe Stunde brauchte, um in sie hineinzukommen. Wenn dies geschafft war, wir kurz gefrühstückt hatten, dann ging es nach Bad Zwischenahn wo ich meinen Mann abgeliefert habe. Für mich ging es dann weiter nach Westerstede zur Arbeit, am Nachmittag wieder zur REHA, um meinen Mann wieder abzuholen.

Doch es klappte alles erstaunlich gut und wir haben auch die Zeit genutzt, vor allem bei dem herrlichen Sommerwetter, um noch etwas Sonne bei einem Stück Kuchen auf der Terrasse des Rosengarten am Zwischenahner Meer zu tanken beziehungsweise zu genießen.

Gibt es Fortschritte?

Nach Abschluss der REHA-Maßnahme, die über einen Zeitrum von gut sechs Wochen ging, war ich soweit, dass ich für die meisten Wege, die ich nun machen musste, mit dem Rollator unterwegs sein konnte.
Damit fühlte ich mich einigermaßen sicher.
Zwar habe ich auch das Laufen mit Stützen beigebracht bekommen, aber irgendwie sind die mir nicht ganz geheuer.
Hier gibt es noch eine zu große Unsicherheit, was vielleicht auch noch mit der Prothese zusammenhängt, die nicht immer hundertprozentig passt bzw. sitzt, da der Stumpf noch zu sehr arbeitet und von seiner endgültigen Form noch weit entfernt ist.

Also heißt dies für mich:

Geduld und nochmals Geduld!

Trotzdem gibt es Situationen, wo man sehr wachsam sein sollte, wie zum Beispiel in den Zeiten, in denen man seine Prothese ablegt hat.

Ich denke hier besonders an die Nachtzeit.

Wie oft kommt es vor, dass man plötzlich aufstehen muss und nicht mehr daran denkt, dass man kein Hilfsmittel am Fuß hat. Man steht auf und stürzt dann gnadenlos auf den Boden hin.
Wenn es glimpflich ausgeht kommt man vielleicht mit ein paar blauen Flecken davon.

Deshalb muss jeder für sich die Möglichkeiten schaffen, um sicher mit seiner Behinderung umzugehen.

Mit der Zeit wurde ich immer selbstsicherer und machte schon mal den einen oder anderen kleinen Weg ohne irgendwelche Hilfsmittel.

Am Anfang beschlich mich ein Gefühl der großen Unsicherheit, da ich nicht so recht wusste, wie der Körper, der Geist und die „Füße" reagieren werden.

Es ist schon ein unheimliches Gefühl, wenn man zum ersten Mal in der neuen Situationen freihändig steht und erste Schritte macht, ohne sich irgendwo festzuhalten.

Nur die ständige Übung kann einem die Sicherheit geben, die man benötigt.

Mit der Zeit bekam ich dafür ein Gefühl, mit der Prothese zu leben, was allerdings nicht immer so einfach ist, wie es aussieht.

Trotz aller Fortschritte, die ich seit der Zeit nach der Amputation gemacht habe, stellte ich fest, dass einiges nicht mehr so ist, wie es vorher einmal war.

Oft bin ich seitdem auf Hilfe angewiesen.

Es ist verrückt, da muss man sich Gedanken machen, über Dinge, wie zum Beispiel:

„Wie komme ich in die zweite Etage eines Hauses – ohne Aufzug?"

Oder:

„Welche der anstehenden Gartenarbeiten kann ich überhaupt noch selbst ausführen?"

Oder:

„Werde ich wieder kleine Strecken am Meer entlang wandern, durch den weißen Sand laufen und Muscheln aufsammeln können?"

Oder:

„Werde ich jemals wieder etwas Sport betreiben können – in meinem Alter?
In jungen Jahren würde es mir vermutlich leichter fallen. Aber heute?"

Dennoch, trotz aller Fortschritte muss ich mir Gedanken machen, wie meine Zukunft aussehen könnte beziehungsweise kann?

Teilweise führte seine „Übervorsichtigkeit" häufig bei mir zu einer starken Ungeduld und oft auch zur Verzweiflung.

Doch höchstwahrscheinlich war es auch dies was ihn davor bewahrte, sich auf die „Schnute" zu legen, also zu stürzen.

Nach dem Hörensagen und durch Erzählungen hatten wir erfahren, dass viele der Amputierten mindestens einmal gestürzt sind. Davor wurde mein Mann, dank seiner Vorsichtigkeit, zum Glück bewahrt.

Blick in die Zukunft

Wenn ich heute auf diese turbulenten Tage in den Sommermonaten zurückschaue, dann erfasst mich noch heute das kalte Entsetzen über meinen Unfall, der eigentlich nur ein Pflaster-Wechsel hätte sein sollen.

So wurde aus einem **Sommertraum**

ein **Sommertrauma!**

Aber wie gehe ich damit um?

Ja, wie gehe ich damit um, eine Frage, die ich mir oft gestellt habe?
Aber werde ich jemals darauf eine Antwort finden oder wenigstens mir selbst eine geben können?

Ich weiß es ehrlich nicht!

Gut, auf der einen Seite bin ich froh, dass ich trotz aller Gefahren und Schwierigkeiten den Unfall, und die Operationen gut überstanden und verkraftet habe. Die Wunden verheilen und so langsam sehe ich auch Licht am Ende eines damals sehr dunklen Tunnels.
Trotzdem werde ich jeden Tag an den Unfall erinnert. Er hat sich im Gedächtnis festgesetzt und wird auch immer präsent sein, da ich mit den Unfallfolgen leben und umgehen muss.

Darum ist es vermutlich auch so schwer, diese Zeit des Krankenhausaufenthaltes, der REHA und die Wochen danach zu vergessen und es fällt mir schwer, mich damit auseinanderzusetzen, um das Geschehene zu verarbeiten

Dabei stelle ich mir viele Fragen:

„Wie gehe ich persönlich mit meiner Behinderung um?"

„Wie gehen andere damit um, zum Beispiel die Ehefrau, die Familie, die Verwandten, die Freunde, Fremde?"

„Wie wirst du von deiner Umwelt wahrgenommen?"

„Wie wirst du das Geschehen verarbeiten?"

„Wie wirst du mit den Alltagshürden fertig?"

„Wirst du wieder am Alltag teilnehmen oder ziehst du dich zurück?"

„Wirst du jemals ohne Hilfe deinen Alltag gestalten können?"

„Wird es Schmerzen geben und wie gehe ich damit um?"

„Wird mein Leben noch einmal so sein wie vor dem Unfall?"

„Was ändert sich jetzt in meinem Leben?"

Mit Sicherheit gibt es noch die ein oder andere Frage, die man sich stellen wird.

Eine Antwort darauf kann man sich nur selbst geben.

Auch wenn ich das gleiche Schicksal erlitten habe, wie viele andere auch, so ist die Antwort auf viele Fragen, mit denen man sich zwangsläufig beschäftigt, von zahlreichen äußeren Einflüssen abhängig, die aber nirgendwo gleich sind.

Dies macht es so schwer eine eindeutige Lösung zu finden.

So kann ich nur für mich sprechen und meine Sichtweise darüber darlegen, wie ich meine Zukunft sehe.

Vielleicht kann der ein oder andere daraus Schlüsse ziehen und sie für sich verwenden, um eine Lösung auf seine Fragen zu finden.

Ich kann also nur für mich sprechen und folgendes dazu anmerken:

Bei der Betrachtung des Bildes fallen mir die ersten Zeilen eines

Liedes von Peter Maffay ein, die ich hier kurz zitieren möchte:

„Über sieben Brücken muss du gehen, sieben dunkle Jahre überstehen, sieben Mal wirst du die Asche sein – aber einmal wird ein heller Schein leuchten!"

Auch ich musste über eine Brücke gehen und mich entscheiden, machte eine schwierige Zeit durch und sehe nun ein helles Licht am Ende des Tunnels.

Was bedeutet dies für mich?

Ich habe meine Lage, in der ich mich nun befinde, akzeptiert und habe mein Handikap angenommen. Ich versuche das Positive zu sehen und bemühe mich darum, mein Leben wieder in meine eigenen Hände zu nehmen. Obwohl ich immer noch auf fremde Hilfe angewiesen bin, werde ich versuchen, einen großen Teil meiner alten Selbstständigkeit wiederherzustellen.
Vielleicht muss ich auf der anderen Seite aber auch bereit sein, fremde Hilfe anzunehmen und sie nicht als Belastung zu sehen.

Ja, ich bin in bestimmten Lagen gehandicapt und brauche Hilfe. Aber dies kann kein Grund sein, sich hängen zu lassen und sich selbst zu bemitleiden.
Denn daraus kann es eventuell zu einer gefährlichen Depression kommen und die will keiner gerne haben.

Also sage ich:

Das Leben wollte es so und ich muss dies akzeptieren. Das soll aber nicht heißen, dass ich mich davon unterkriegen lasse. Stattdessen aufrecht meinen Weg weiter gehen, so wie es mir mein Lebensplan bestimmt, beziehungsweise vorgesehen hat.

Dabei werde ich jeden Tag, an dem ich morgens aufwache, meinem Schicksal die Hand reichen und mich auf den neuen Tag freuen, auf die Dinge die mich bereichern werden und sei es nur die einsame Blume oder der kleine Strauch am Wegesrand, die von keinem anderen beachtet werden.

Was man aber gleichzeitig braucht ist ein starkes, unerschütterliches Selbstbewusstsein, dass einem nicht gleich den Mut raubt, wenn man vor den Hindernissen, die sich vor einem auftürmen, Angst bekommt und zu sich sagt:

„Das schaffe ich nicht!"

Nein, man muss immer zu sich selber sagen:

„Ja, dass schaffe ich!"

Und wenn man es mehr als einmal probieren muss, sollte man nicht den Mut verlieren und immer wieder zu sich sagen:

„Ich schaffe das!"

Was für mich viel wichtiger war, obwohl wir einfach noch mehr Geduld und Zeit brauchen für die meisten Arbeiten im Haus und Garten, ist die Tatsache, dass wir uns hatten und wir endlich wieder vieles gemeinsam machen konnten.

Gleichzeitig bin ich sehr stolz auf meinem Fritz, der sich Stück für Stück nach vorne gekämpft hat, um wieder, für die meiste Zeit, auf zwei „Beinen" durch das Leben zu gehen.
Endlich, nach zwölf endlosen Wochen, können wir wieder Hand in Hand miteinander gehen, was ich so sehr vermisst habe!

Mein Mann hat sein Schicksal angenommen und hadert nicht mit seinem Los. Er sucht nicht nach Schuldigen sondern sagt zu sich:

„Ich schaffe das!"

Und zu zweit geht dies natürlich auch viel besser.

Oder?

Gedanken

Nun sind es fast fünf Monate her, seit die Entscheidung für diese notwendige, ja lebenswichtige Amputation fiel.

Es war in einer stillen Stunde. Ich war allein zu Hause. Der November ging gerade zu Ende. Das Grau des Himmels, wich langsam und erste zaghafte Versuche der Sonne die graue, dunkle Wolkendecke zu durchbrechen, wurden immer wieder durch weitere Wolkenfelder vereitelt. Trotzdem lockte mich die Sonne hinaus, und ich setzte mich für einen kleinen Augenblick auf einen Stuhl auf der kleinen Terrasse vor dem Haus.

Mein Blick ging über unseren Garten in die Ferne.

Es war für diese Jahreszeit, auch an diesem noch recht frühen Morgen, erstaunlich warm.

Ich schaute einigen Vögeln zu, die ihre letzten Runden über ihren morgendlichen Sammelplatz, einem in der Ferne stehenden Hochspannungsmast, flogen und sich von den anderen, die dort noch auf dem Mast saßen, mit lauten Gekreische zu verabschieden, um sich wieder dort am nächsten Morgen zu sammeln.
In der Ferne drehten sich langsam drei große Windräder.
Ich fixierte sie an und ließ dabei unwillkürlich meine Gedanken ebenfalls kreisen.
Noch einmal zogen all die Momente vorbei, die ich in den letzten Monaten erleben durfte oder sollte ich lieber sagen:

„Erleben musste?

Ich weiß nicht, wie ich diese Zeit beschreiben kann.
Als wenn ich in einem Film sitzen würde, liefen diese Monate wie ein Film vor meinem geistigen Auge ab.
Die große Freude über die gelungene, gemeinschaftliche Arbeit, die hinter uns lag, trotz der großen Hitze, die uns der Sommer gebracht hatte.

Dann die Tage, an denen wir die letzten Reste des alten Unterstandes für die Entsorgung vorbereiteten.

Die neuen Plänen für die weitere Gestaltung der hintersten Ecke unseres Gartens.

Aber auch der Tag, an dem das Unglück geschah, zog noch einmal in allen Einzelheiten an mir vorbei.

Dann die Tage im Krankenhaus, die quälende Zeit der Entscheidung, die notwendigen Operationen, die ersten Tage im Rollstuhl, die ersten Gehversuche mit dem Geh-Bock, die ersten Tage zuhause.

Und immer wieder tauchte die eine Frage auf:

„Wie soll es mit mir weiter gehen?"

„Werde ich mich mit den Unzulänglichkeiten, die der Alltag mit sich bringt, die ich jetzt als „Behinderter" habe, überhaupt abfinden können?"

„Werde ich jemals wieder so leben können, wie vorher?"

„Werde ich je wieder Reisen unternehmen können, ohne große Umstände für mich und für andere?"

„Werde ich wieder an die See fahren können, die ja so nah vor der Haustüre liegt?"

„Werde ich je wieder durch den Sand, durch das Wasser laufen, mich nach schönen Muscheln bücken.
Durch die Dünenlandschaft wandern, mir den Wind um die Ohren wehen lassen, dem Flügelschlag der Möwen und dem Wellenschlag lauschen. Die Sonne und die unendliche Weite am Horizont genießen?"

Sollte dies all für mich in weite Ferne gerückt sein?

Oder:

Mal wieder durch einen Wald laufen, um den Duft der Bäume zu genießen.

Oder:

Einfach mal wieder über Stock und Stein im Gebirge unterwegs sein und die herrlichen Ausblicke genießen.

Soll all dies nicht mehr für mich geben?

Oder?
Oder?
Oder?

„Wie werde ich damit umgehen können?"

„Wie werde ich dies seelisch und körperlich verkraften können?"

Fragen, wozu ich unwillkürlich nach Antworten suche.
Aber werde ich je auf all diese Fragen überhaupt eine Antwort erhalten?
Werde ich mich jemals damit abfinden können, nicht mehr alles so tun zu können, wie es früher einmal war?

Ist mein Leben überhaupt noch lebenswert, weil ich jetzt viele Sachen nicht mehr tun kann?

Eine Frage, die auf meiner Seele regelrecht brennt!

Dabei gibt es viele gute und auch schöne Tage, da macht das Leben, trotz aller Behinderung, so richtig Spaß.
Aber leider gibt es auch viele Tage, wo ich regelrecht verzweifle, weil das Gehen Schmerzen bereitet, die Prothese nicht richtig sitzt, mir das Ankleiden schwerfällt, oder die Nächte, in denen ich kaum oder nur schwer in den Schlaf komme, da die Phantomschmerzen wieder von mir Besitz ergreifen wollen.
All dies kann mich regelrecht in den Wahnsinn treiben und Gedanken und Fragen nach dem „Wie, Weshalb und dem Warum" auslösen.

So meine Gedanken!

Langsam wird es mir doch zu kalt, da an diesem November-Morgen die wenigen Sonnenstrahlen hinter einer dunklen Wolkenwand verschwinden.
Nur einmal noch lugt für einen kurzen Moment, ein Sonnenstrahl durch die Wolkendecke, noch einmal zeigt sich mir ein Licht.

Ist dieser Sonnenstrahl auch eine Antwort auf all meine Fragen, zu meiner jetzigen Lebenssituation?

Zu erkennen, dass es immer einen Weg gibt, der mich aus meinen dunklen, düsteren Gedanken reißen kann, wenn ich nur will.

Eben wie dieser Sonnenstrahl, der die kleinste Lücke nutzt, um sein wärmendes Licht, zu mir zu senden und mir damit sagen will:

„Das Leben geht weiter, auch mit Einschränkungen."

„Lass dich davon nicht unterkriegen. Nimm die neuen Herausforderungen an. Mach` das Beste aus deiner Lage!"

„Du wirst manches nicht mehr so können wie früher, du wirst auf manches verzichten müssen, aber dafür gibt es viel Neues, was du erleben kannst. Du siehst manches jetzt aus einem anderen Blickwinkel, vieles was früher einmal für dich wichtig war, gerät zur Nebensache. Neue Wege, neue Begegnungen und Interessen werden in dir wach – nur du muss sie auch für dich entdecken!"

„Also schaue nach vorne, nimm die kleinen Unpässlichkeiten als leidige Erscheinung an und lache darüber."

„Es wird auch immer wieder Tage geben, die dich zur Verzweiflung, zur Mutlosigkeit bringen werden, aber schaue auf dich, auch wenn der Himmel tagelang dunkel und grau ist, ich bin da und werde jede Chance nutzen, um meine Strahlen zu dir zu senden."

Es fing leicht zu tröpfeln an, ich stand auf und schaute noch einmal in die Ferne und sagte dann ganz leise zu mir:

„Du kannst Fragen über Fragen stellen, aber ob du je eine Antwort bekommst, ist mehr als fraglich!"

„Daher sollte für dich nur noch ein Satz zählen und der lautet knapp und bündig:

„Das Leben geht weiter!"

„Also lebe es auch!"

Ich ging nachdenklich ins Haus, der Regen wurde stärker und ich schaute eine Zeitlang gedankenverloren den Tropfen zu, wie sie in einer Wasserlache, die sich in einer flachen Mulde gebildet hatte, sammelten, ihre Spuren hinterließen und sich aufmachten, einen neuen Weg zu suchen.

Dies war für mich ein weiteres Zeichen, mich ebenfalls aufzumachen, meinen neuen Weg zu suchen beziehungsweise zu gehen, trotz meiner Behinderung, mir neue Akzente und Ziele zu setzen.

Nein, keine großen Ziele, sondern eher kleine, erreichbare Ziele, die ich in der nahen Zukunft erreichen wollte und auch konnte!

„Ich fange damit gleich an!"

Oh, zu diesem letzten Satz von mir, fällt mir etwas ein, das meine Frau jetzt sagen würde:

Sie würde sagen:

„Welches „gleich" meinst du denn?"

„Das „gleich" der Männer oder der Frauen?"

Sie ist nämlich der strikten Meinung, dass es zwischen den beiden „gleich" einen gewaltigen Unterschied gibt:

Bei Frauen bedeutet „gleich" in der Regel sofort!

Bei Männern bedeutet „gleich" irgendwann einmal!

Ob dies so stimmt?

Dennoch ändere ich meinen letzten Satz ab und sage:

„Ich fange sofort damit an!"

Das Event mit der Kelly-Familie

Eine kleine Episode am Rande möchte ich jedoch noch erzählen:

„Ende des Jahres 2017 waren wir auf einem Musikfestival von Angelo Kelly und seiner Familie. Wir waren nach der Vorstellung restlos begeistert von Angelo Kelly, seiner Familie und seinen Bandmitgliedern, die ein hervorragendes Spiel abgeliefert hatten. Der Höhepunkt an diesem Abend war, dass wir von Angelo Kelly ein Autogramm ergattern konnten.
Beseelt von diesem Abend fuhren wir wieder nach Hause und meine Frau machte schon Pläne für einen nächsten Besuch zu einem Musikfestival von Angelo Kelly.

So kam es, dass meine Frau für uns Karten besorgte für das große Comeback der Kelly Family in Bremen, wo wir mit einem Busunternehmen hinfuhren.

Auch dieses Festival war gigantisch!

Dabei verfolge ich schon seit über 40 Jahren die Kelly-Familie, wie sie anfingen, mit ihren zahlreichen Kindern Straßenmusik machten.

Umso mehr hat es mich gefreut, dass sie in den nachfolgenden Jahren immer beliebter und erfolgreicher wurden.
Dabei muss gesagt werden, dass sie Lieder sangen, die wirkliche Hits wurden und die wir auch heute immer wieder gerne hören.

Jetzt hatten wir endlich mal die Gelegenheit, sie live zu erleben und nicht nur auf irgendwelchen Videoclips.

Nach diesem Konzert waren wir beide regelrecht begeistert und als dann meine Frau in der Zeitung las, das „Angelo Kelly and Family" nach Oldenburg kämen, gab es für sie kein Halten mehr, und besorgte uns zwei Karten für diesen Auftritt in Oldenburg.
Dies war im März des Jahres 2018. Hier war die Welt für uns noch in Ordnung.

Was danach kam, habe ich ja vorher schon ausführlich beschrieben.
Der Termin dieses Konzertes rückte immer näher. Je näher er kam, desto unsicherer wurde ich, ob ich diesen Termin überhaupt würde wahrnehmen können und wollen.

Und welches Hilfsmittel sollte ich mitnehmen?

Wo saßen wir eigentlich?

Muss ich vielleicht irgendwelche Treppen bewältigen?

Diese und ähnliche Fragen gingen mir durch den Kopf. Auf der einen Seite freute meine Frau sich riesig auf das Konzert, auf der anderen Seite war ich gespalten zwischen Freude und Verzweiflung.

Was ist, wenn ich nicht auf den Platz kam, wofür wir die Karten hatten?

Wofür sollte ich mich entscheiden?

Für den Rollstuhl?

Für den Rollator?

Oder doch für die Stützen?

Oder sollte ich gar ohne Hilfsmittel gehen und mich von meiner Frau stützen lassen?

Wie weit waren die Wege?

Zum Beispiel vom Parkplatz zur Halle?

Vom Eingang bis zum Platz?

Muss ich vielleicht sogar irgendwelche Treppen steigen?

Bei diesen Gedanken bekam ich ein richtig ungutes Gefühl, ob dieser Abend für uns Beide Freude und Begeisterung bringen konnte.

Ein weiteres Problem beschäftigte mich ebenfalls:

Nun war ich ja bekannterweise auf irgendwelche Hilfsmittel angewiesen, aber auch Monate nach dem Unfall und der Amputation hatte ich von den Behörden noch keinen Behindertenausweis erhalten, der mich berechtigt hätte, auf einem Behindertenparkplatz zu parken!

Eigentlich ein Unding!

Auch als ich in der REHA - Maßnahme war und dort mit dem Rollstuhl fahren musste und meine Frau auf einen Behindertenparkplatz parken musste, damit ich aus dem Auto überhaupt heraus kam, erhielt sie ein Knöllchen von 35 Euro wegen Falschparkens!
Zum Glück hatte man auf der Gemeindeverwaltung Verständnis dafür und erließ uns die Strafgebühr, was wir als sehr anständig ansahen und dankbar annahmen.

So stand ich vor der bangen Frage:

Entweder ich riskiere, dass man mich abschleppt oder ich muss auf einem normalen Parkplatz parken! Aber bekomme ich dann noch in der Nähe der Halle einen Parkplatz?

Aber nun hatten wir die Karten und entschlossen uns, nach Oldenburg zu fahren.

Dort angekommen fanden wir nur in einiger Entfernung zur Halle einen Parkplatz.
Ich hatte mich, nach einer kurzen Überlegung, für die Stützen entschieden, war aber nicht darauf gefasst, einen doch für mich noch sehr langen Weg zur Halle zurücklegen zu müssen.

Wir gingen langsam und bedächtig unseren Weg.

Durch die einseitige Belastung spürte ich bald meinen Rücken. Er fing deutlich an zu schmerzen. Auch die Prothese bekam langsam mehr Spiel, so dass das Gehen immer beschwerlicher wurde.

Endlich hatten wir es geschafft und standen vor der Halle.

Wir gingen durch die Eingangsschleuse und standen vor dem nächsten Problem.

Wir mussten eine große Treppe hoch!

Ich nahm meinen ganzen Mut zusammen und Schritt für Schritt erklommen wir die Treppe. Oben angekommen musste ich mich erst einmal sammeln, da ich einen leichten „Ziehschmerz" in meinem restlichen linken Bein verspürte.

Aber wo saßen wir denn?

Ich schickte meine Frau los, damit sie unsere Plätze ausfindig machen konnte.
Sie fand sie weiter unten im Rang.

„Da soll ich runter," fragte ich verdutzt?

Ohne Geländer?

Ohne Sicherheit?

Nein, dass Risiko wollte ich nicht eingehen!

Da musste ich mich verweigern!

Zu diesem Zeitpunkt waren noch zahlreiche Plätze oberhalb des Ranges, wo wir gerade standen, frei.

Ich gab meiner Frau zu verstehen, dass ich nicht auf unsere Plätze gelangen konnte und sie mal nachfragen sollte, ob nicht die Chance besteht, hier auf dem Podest, wo ich mit Mühen angekommen war, einen Platz, den man vielleicht mit jemanden tauschen konnte, bekommen könnte.

Sie ging und fragte nach!

Eine nette, junge Dame kam mit meiner Frau zurück.

Nachdem meine Frau ihr die Lage geschildert hatte, führte sie ein kurzes Gespräch und ich konnte dann mit dem Aufzug, der eigentlich nur für die VIP`s reserviert war, wieder zum Halleneingang herunterfahren.

Von dort führte uns die Dame zu einem der vorderen Plätze, wo wir dann Platz nehmen konnten.

So saßen wir sehr nahe an der Bühne und die Show konnte beginnen.

Nach zwei Stunden, einer tollen Musik, einer tollen Familie und Musikern, konnten wir uns über einen wirklich fantastischen Abend freuen, den wir gemeinsam erleben durften.

Mit dem Verlassen der Halle ließen wir uns etwas Zeit, um erstens noch einmal über die Show, die uns geboten worden war, nachzudenken und uns zweitens in aller Ruhe, auf dem Weg zu unserem Parkplatz zu machen.

Wir stellen uns etwas abseits von dem Trubel an einem kleinen Tisch und schauten dem Treiben etwas weiter vor uns zu. Viele Fans warteten auf noch sehnsüchtig auf Angelo, auf ein Autogramm oder gar ein Selfie.

Dafür hatte man extra einen Bereich in der Halle abgetrennt.

Entgegen aller Regel kam Angelo nicht zu dem vorgesehenen Platz, sondern blieb mit den Worten: „Heute fange ich mal hier an" ausgerechnet an unserem Tisch stehen und verteilte die ersten Autogramme. Auch wir nutzten diese Chance und ergatterten ein Autogramm von Angelo. Danach galt es schnell diesen Ort zu verlassen, da alle sich umdrehten und auf Angelo zuströmten. Das Gedränge wurde immer größer.
Durch ein kleines Schlupfloch entkamen wir dieser Horde und konnten die Halle verlassen.

Dabei kamen wir auch an die nahen Behindertenparkplätze der Halle vorbei, die fast allesamt leer waren.

In diesem Moment dachte ich daran, wie schön es wäre, jetzt in den Wagen einzusteigen und nach Hause zu fahren.

So aber mussten wir noch ein langes Stück des Weges gehen. Aber auch dieses haben wir dann geschafft.

So ging ein wunderschöner Abend zu Ende, trotz aller Skepsis und Bedenken meinerseits.

Es kommt also darauf an, wie wir mit dieser Behinderung umgehen.

Ein besonderer Dank

Wer mir in dieser schweren und nicht ganz einfachen Zeit besonders geholfen hat?

Das war an erster Stelle meine geliebte Frau Manuela, mit der ich jetzt seit fast acht Jahren verheiratet bin, ihr gebührt mein aller größter Dank.
Denn ohne ihren Einsatz, ihren Beistand und ihre Liebe zu mir, trotz des Verlustes, hat sie mir immer wieder Mut gemacht, mich nicht hängen zu lassen, denn das Leben geht auch so weiter und gemeinsam schaffen wir die „kleinen Schwierigkeiten" locker.

Auf diesem Bild schaue ich noch etwas ungläubig und frage mich, wie mein Leben mit einer Behinderung aussehen wird.

Meine Frau war in dieser, für uns beide nicht gerade leichten Zeit, mein größter Rückhalt, ein Rückhalt, den man nur sehr selten findet.
Aber so einen Rückhalt braucht man, um sich den neuen Herausforderungen, die die Behinderung mit sich bringt, stellen zu können.

So kann ich auch sagen:

Liebe kann alle Hindernisse überwinden!

Und für diese Liebe danke ich meiner lieben und geliebten Manuela ganz besonders. Ich kann mich glücklich schätzen, eine solch tolle Partnerin an meiner Seite zu haben.

Sie hat mir die Stärke gegeben mich dem Schicksal zu stellen, die neue Situation zu akzeptieren und mit Mut die Aufgaben anzunehmen.

Auch wenn ich manchmal der Verzweiflung nahe war, gab sie mir den Impuls, nicht aufzugeben, sondern weiterzumachen, um zu sehen, dass es doch weitergeht.

All dies gab mir jenes Selbstvertrauen, um mich mit meiner Lage abzufinden und das Beste daraus zu machen.

Ihr Wahlspruch lautet:

„Ein bisschen Verlust ist immer, trotzdem liebe ich dich dafür, denn das Leben geht für uns weiter und zwar gemeinsam!"

Eine starke Liebe kann Berge versetzen.

Gleichzeitig möchte ich auch einen Dank an das Ärzteteam von Dr. Settje und Frau Majorin Dr. Nagel und das Verbandsteam von „Mecki" Meklenbroich richten, die mir in dieser nicht gerade einfachen Zeit mit ihrem Wissen und Können beigestanden haben.

Ein besonderer Dank geht auch an unsere Pfarrerin Frau Ulrike Fendler, die uns in dieser schweren Zeit so toll begleitet hat und auch die Idee zu diesem Buch hatte.

Mir hat es auch geholfen mit vielen Menschen darüber zu reden, die Anteil genommen haben und nach meinem Fritz gefragt und Grüße bestellt haben.
Aber auch das Verständnis meiner Arbeitskollegen und der Besuch von meiner „Chefin" bei uns in der Klinik gebührt hohe Anerkennung.

Ein besonderer Dank geht auch an die Militärpfarrerin Ulrike Fendler, die uns, in unserer schweren Stunde der Entscheidung, mit ihrer Fröhlichkeit, mit ihrem Einfühlungsvermögen uns eine große und wertvolle Hilfe war.

In einem der vorderen Kapitel hatte ich auch erwähnt, dass ich der Schönstatt-Bewegung angehöre, einer Bewegung die Maria, als Gottesmutter, in den Vordergrund stellt. Dazu gibt es ein Liebesbündnis, welches von Pater Josef Kentenich, dem Gründer der Bewegung, 1914 ins Leben gerufen wurde.

So wurde Schönstatt bei Vallendar zu einem Pilgerort, in dem die Gottesmutter besonders verehrt wird.

In der ganzen Welt gibt es zahlreiche kleine Kapellen, die genau so aussehen, wie die Kapelle in Schönstatt, mittlerweile gibt es über 200 Stück..

In schweren Lebenskrisen habe ich mir dort oft Hilfe geholt und sie auch bekommen.

So begleitete die Gottesmutter mich auch durch diese schwere Zeit und machte mir Mut, dies anzunehmen.

Dabei half mir auch ein besonderes Gebet, das der „Dreimal Wunderbare Mutter, Königin und Siegerin von Schönstatt", gewidmet ist:

Bitte für uns:

„O meine Gebieterin, o meine Mutter,
dir bringe ich mich ganz dar.
Und um dir meine Hingabe zu bezeigen, weihe ich dir heute meine Augen, meine Ohren, meinem Mund, mein Herz, mich selber ganz und gar.
Weil ich also dir gehöre, o gute Mutter, so bewahre mich, beschütze mich, als dein Gut und dein Eigentum.

Ich bau` auf deine Macht und deine Güte, vertrau auf sie mit kindlichen Gemüte.

Ich glaub, vertrau in allen Lagen blind auf dich, du Wunderbare und dein Kind."

Amen

Acht Monate später

Wieder einmal schaue ich aus dem Fenster und mein Blick schweift über die anliegende Felder, wo ein leichter Nebel steht. Das neue Jahr hat begonnen und meine Gedanken gehen noch einmal zurück zu dem Geschehen im Sommer.

Trotz aller Fortschritte, die man in der Zeit zwischen OP und dem Alltag zuhause gemacht hat, wird nun ein weiteres Kapitel aufgeschlagen, welches wieder etwas Unbehagen bringt.

Nun sind es acht Monate her, als ich die Amputation erfolgte. Meist sagt man, dass es jetzt langsam Zeit wird, von der Interimsprothese Abschied zu nehmen und die endgültige Prothese angepasst zu bekommen.

Dabei kommen natürlich automatisch neue Gedanken auf, die einen beschäftigen:

„Wie wird die neue Prothese sitzen?"

„Wird diese nun wirklich die endgültige Passform sein?"

„Wie oft muss die neue Prothese vielleicht noch angepasst werden?"

„Wie komme ich damit zurecht?"

Alles Fragen vor dem neuen Unbekannten, vor dem Ungewissem, was nun erneut auf einem zukommt.

Dabei sollte ich mich doch auf der anderen Seite freuen, wenn ich jetzt die endgültige Prothese erhalte, als sich mit einem Provisorium abzumühen.

Aber wovor habe ich eigentlich Angst – vor dem neuen, endgültigen Unbekannten?

Oder sich jetzt an etwas Neues zu gewöhnen?

Bisher bin ich ja so leidlich mit dem Provisorium zurechtgekommen und habe mit den zahlreichen Unzulänglichkeiten gelebt.

Und jetzt kommt wieder etwas Neues!

Aber welche Möglichkeit habe ich denn eigentlich, als mich darauf einzulassen.

Also warte ich einfach mal die weitere Entwicklung ab.

Aber bis ich die endgültige Prothese erhalte, muss ich noch mit dem Provisorium leben, was aber mit der fortschreitenden Veränderung des Stumpfes leider immer schwieriger wird.

In der letzten Zeit plagen mich verstärkt irgendwelche Stellen, die unter einem Druck, ausgelöst durch die Prothese, wund wurden. Alles Sachen, die mich wirklich behindern und meine Lebensqualität doch ganz gewaltig mindert und einschränkt.

Was in der letzten Zeit noch hinzu kam, war die Tatsache, dass ich oft das beschleichende Gefühl hatte, dass ich meinen Fuß ja noch habe. So spürte ich beim Gehen an den Zehen, die ja nicht mehr vorhanden waren, einen enormen Druck.

Dieser Druck war so stark, dass ich das Gehen meist nur unter großen Schmerzen vornehmen konnte.

All diese „Kleinigkeiten" machen mich natürlich total unsicher und was aber noch viel schlimmer ist, sie machen einen mutlos und verzweifelt.

Dabei möchte man ja nur etwas an Lebensqualität gewinnen, denn eins ist ja gewiss, ein Leben wie vorher kann ich nicht mehr führen. Ich muss schon etliche Abstriche machen. Jedoch dafür gibt es ja Alternativen, die ich jetzt für mich finden muss.

Dies ist mit Sicherheit keine leichte Aufgabe, aber gemeinsam werden wir diese neuen Aufgaben finden und sie für uns nutzen!

Dennoch muss ich mich gedulden, was mir naturgemäß schwer fällt.

Im Februar des neuen Jahres, also nach gut acht Monaten, bekam ich endlich die gute Nachricht:

„Bitte Termin machen für die Anpassung der endgültigen Prothese."

Auf der einen Seite waren ich und meine Frau froh, dass es jetzt endlich weitergeht und man langsam das Endstadium erreichen konnte..

Wir haben den Termin gemacht!

Zuerst bekam ich einen neuen, engeren Liner verpasst und anschließend wurde ein Gipsabdruck genommen. Dann wurde ein neuer Termin vereinbart, zu dem ein weiterer Schaft fertig sein sollte, der dann die Vorlage bilden sollte, für die endgültige Prothese.

Dieser neuer Schaft wurde angepasst und die ersten Gehversuche waren ganz erfreulich.

Aber je länger ich den Schaft trug, umso mehr schmerzte mein Stumpf. Am nächsten Tag ging am frühen Morgen rein gar nichts mehr. Immense Schmerzen ließen mich regelrecht verzweifeln. Erst eine Schmerztablette linderte die Schmerzen und mit der Zeit spürte ich zumindest im Sitzen keine Schmerzen, welche aber man beim Versuch des Gehens latent vorhanden waren.

Erst am nächsten Tag wurde es etwas erträglicher und man konnte einigermaßen normal gehen.

So war man in diesen Tagen froh überhaupt vor die Tür gehen zu können.

Aber nun tauchte bereits das nächste Problem auf:

Durch den neuen Liner wurde der Stumpf jetzt so stark in Form gedrückt, das es gegen Mittag notwendig wurde einen zusätzlichen Strumpf anzuziehen, um überhaupt einen festen Sitz im Schaft zu erhalten.

Je mehr man aber lief und auf den Beinen war, um so mehr bildete sich das Spiel zwischen Schaft und Stumpf aus und machte ein Gehen fast unmöglich, da man einfach keinen Halt mehr im Schaft fand.

Jetzt heiß es wieder einmal:

Abwarten bis dieser Prozess abgeschlossen ist. Der neue, provisorische Schaft wird jetzt noch einmal an die neue Situation angepasst und dies bedeutet wieder:

„Warten, warten und warten!

Warten... dies ist auch so ein Wort, das einem verzweifeln lässt.
In diesem Moment fällt mir dazu gerade ein, dass ich bis heute noch keinen für mich angepassten Rollstuhl habe... und das nach acht Monaten!
Mein Rezept fährt Achterbahn und keiner weiß mehr, wer jetzt dran ist, dieses Rezept zu bearbeiten.

Eigentlich ein Armutszeugnis!

Als Betroffener kann man da nur die Hände über dem Kopf zusammen schlagen und sich irgendwie anderweitig behelfen, was aber auch auf Dauer gesehen keine befriedigende Lösung darstellt.

Leider sind wir auf diese Hilfsmittel angewiesen, damit unser Leben auch noch etwas lebenswert bleibt.

Im gleichen Atemzug gingen meine Gedanken, nachdem die Sonne vom Himmel lachte, an die bevorstehenden Gartenarbeiten, die ja durch den Unfall im letzten Jahr zwangsläufig liegengeblieben sind. Hier gibt es noch eine Menge zu tun.

Dabei stelle ich mir die Frage:

„Welchen Beitrag kannst du eigentlich noch dazu geben?"

So wie es jetzt aussieht, bin ich ja froh überhaupt laufen zu können, geschweige denn, an irgendwelchen Gartenarbeiten zu denken. Vermutlich werde ich mich darauf einigen müssen, die dringend notwendigen Arbeiten zu beaufsichtigen und Anweisungen zu geben, was mir allerdings zuwider ist, da ich doch lieber diese Arbeiten gern selber machen möchte.

Aber so bleibt eben vieles in anderen Händen liegen. Vieles was man früher selbst eben mal erledigte, geht heute einfach nicht mehr. Und dies zieht sich durch alle Lebensbereiche.

Damit muss man auch erst einmal fertig werden! Beileibe keine einfache Sache!

Aber wir wollen keinen trüben Gedanken nachhängen und lieber versuchen nach vorne zu schauen und das Beste aus dieser nicht immer ganz einfachen Lage zu machen.

Die ersten Tage mit der neuen Prothese

Die ersten Tage mit der neuen Prothese waren nicht gerade einfach. Über die ersten Erfahrungen mit dieser neuen, endgültigen Prothese gebe ich hier in einem kleinen Überblick der ersten Woche wieder:

Freitag, 1. März 14.30 h

Erste Anprobe!

Sieht schon gut aus. Auch das Laufen scheint in diesem Augenblick gut zu funktionieren. An diesem Tag laufe ich über 7000 Schritte, ohne allzu großen Probleme. Am Abend spüre ich ein leichtes Ziehen im Stumpfende. Ist aber nicht weiter störend.

Was mir aber an diesem Abend auffällt, ist ein scheinbarer Schmerz, was eigentlich zu viel gesagt ist, es ist eher ein starkes Kribbeln, in dem nicht mehr vorhandenen Fuß.

Samstag, 2. März 10.00 h

Zahlreiche vergebliche Versuche in die Prothese zu kommen. Meine Frau legt einen Druckverband an. Wir frühstücken erst einmal. Ans Laufen ist in diesem Moment nicht zu denken. Der gute, alte Rolli muss seine Arbeit wieder aufnehmen. Dabei wurde man zwangsläufig an die Zeit nach der OP erinnert. Weitere Versuche werden unternommen, den Stumpf in die Prothese hinein zu bekommen - Nach einer weiteren Stunde gelingt es uns endlich, einen ersten, kleinen Erfolg zu sehen.

Nach einer weiteren halben Stunde hatten wir es endlich geschafft, die Prothese über den Stumpf zu bekommen. Die ersten Schritte waren kaum vor Schmerzen zu bewältigen. Erst nach einer weiteren Stunde konnte ich die ersten vorsichtigen Gehversuche machen. An diesem Tag brachte ich es gerade mal auf 2700 Schritte.
Dabei war ich im Vormonat Februar im Durchschnitt mit 5000 Schritten am Tag unterwegs, gegenüber 4600 Schritten im Januar.

Sonntag, 3. März 10.00 h

Bei der Anlegung der Prothese stellte meine Frau eine große Blase am Stumpf fest, die sofort behandelt wurde.

Dadurch bedingt schwoll mein Stumpf wieder an, was dann das Anlegen der Prothese natürlich erheblich erschwerte.
Es waren die gleichen Probleme wie am Vortag, die uns jetzt erwarteten. Erst am späten Nachmittag ging das Laufen wieder besser. Immerhin schaffte ich noch etwas über 3000 Schritte an diesem Tag.

Montag, 4. März 8.00 h

Eigentlich stand heute der REHA - Sport auf dem Plan. Aber das Anlegen der Prothese und die nun offene Blase verhinderten den Besuch zum Sport. Zwar bekam ich die Prothese innerhalb einer halben Stunde an, konnte aber in den ersten beiden Stunden kaum damit laufen, da sich im unteren Bereich des Stumpfes ein wahnsinnig starker Schmerz einstellte.

Erst gegen Mittag wurde es besser. So erreichte ich gerade mal 2700 Schritte an diesem Tag.

Am späten Nachmittag, nachdem ich einige Schritte gegangen war, bemerkte ich, dass es notwendig wurde, einen zusätzlichen Strumpf anzuziehen, um einen Spiel zwischen Stumpf und Prothese auszugleichen.

Dienstag, 5. März 7.00 h

An diesem Morgen kam ich verhältnismäßig schnell in die Prothese hinein. Allerdings nur unter großen Schmerzen beim Gehen. Die lösten sich erst nach gut zwei Stunden auf. Gegen Mittag, ich hatte gerade knappe 1800 Schritte gelaufen, musste ich feststellen, dass es notwendig wurde einen sogenannten „Füllstrumpf" als Ausgleich anzuziehen.

Bis zum Abend hatte ich rund 4000 Schritte gelaufen und bereits erneut ein Spiel zwischen Prothese und Stumpf.

Wenn ich jetzt weiterlaufen müsste, wäre ein weiterer Ausgleich notwendig geworden.

Mittwoch, 6. März 7.00 h

Erneut kam ich am Morgen recht zügig in die Prothese herein. Jedoch bereitete mir das Laufen erneut in den ersten zwei Stunden enorme Probleme. Danach wurde es besser. Gegen Mittag musste ich schon wieder ausgleichen. Gegen 16.00 h gingen wir zum Einkaufen. Da ich schon wieder etwas Spiel bekam, zog ich einen weiteren Strumpf als Ausgleich an. An diesem Tag ging ich über 6000 Schritte. Die Blase besserte sich von Tag zu Tag.

Donnerstag, 7. März 7.00 h

An diesem Morgen kam ich erstaunlicher Weise recht schnell in meine Prothese hinein.

Auch die ersten Schritte, was mich erstaunte, gingen fast ohne große Probleme. Aber schon kurze Zeit später stellten sich die ersten Schmerzen wieder ein. Nach der Einnahme des Frühstücks, ging das Gehen auch schon wieder etwas leichter. Gegen Mittag war ein erster Ausgleich notwendig. An diesem Tag machte ich nur rund 5000 Schritte.
Die Erfahrungen, die ich in dieser ersten Woche mit meiner neuen Prothese gemacht habe, zeigen mir, dass der Prozess der Anpassung der Prothese noch lange nicht abgeschlossen ist, da der Stumpf noch zu vielen, ja fast täglichen, zum Teil starken Veränderungen unterliegt.

Allerdings ist dies ja ein ganz normaler Vorgang, der einem jedoch manchmal regelrecht zur Verzweiflung treiben kann.

Ebenso ist es erstaunlich, dass der Stumpf über den Tag gesehen, doch noch sehr starken Veränderungen unterliegt, was natürlich für das optimale Tragen der Prothese nicht gerade von Vorteil ist.

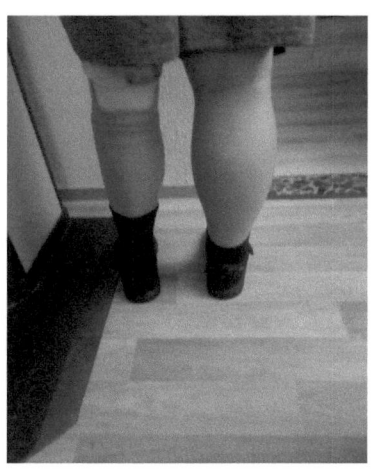

Bei dieser Gelegenheit möchte ich dem Sanitätshaus Bad Zwischenahn, seinem Inhaber Herrn Helge. Hecker, seinem Mitarbeiter Herrn Kaplinski und den weiteren Mitarbeitern, einen großen Dank aussprechen, für ihren Einsatz und den zahlreichen Mühen, die sie mit mir und meiner Prothese hatten, damit ich wieder ein fast normales Leben führen kann. Dafür kann ich nur danke sagen!

Nach einem weiteren Monat kann ich sagen, dass das Anlegen der Prothese am Morgen schon recht reibungslos klappt, tagsüber muss ich, je nach Belastung und Laufleistung, einen Ausgleich schaffen.
Aber dennoch treten immer wieder Schmerzen auf, die trotz der gewissenhaften Anlegung des Liner entstehen.

Es sind aber Schmerzen, die man aushalten kann, ohne gleich darauf mit einer Tablette zu reagieren.

Oft reicht eine kleine Pause und dann geht es wieder. Darauf muss man sich halt einstellen
Nun, dies wird unser und auch mein weiteres Leben ständig begleiten, denn wir sind ja nicht mehr komplett und müssen uns mit „Hilfsmittel" behelfen, um unser Leben dennoch zu meistern, was manchmal auch zu einem leichten Frust führen kann. In manch einer stillen Stunde komme auch ich immer wieder zum Nachdenken und stelle mir oft die Frage:

„Was kannst du eigentlich noch selbstständig machen, ohne fremde Hilfe?"

Gartenarbeit? Handwerkliche Arbeiten? Sport? Reisen?

Aber ich denke auch an so banale Dinge, wie baden, schwimmen, anziehen, laufen, klettern und vieles mehr denke ich.

„Wie wird es gehen?"

Wirst du immer auf fremde Hilfe angewiesen sein?

„Was wird aus deiner Selbstständigkeit?"

„Wirst du überhaupt noch ein normales Leben führen können?"

Viele Fragen gehen mir in jenen, stillen Momenten durch meinem Kopf – aber werde ich auch dafür Lösungen finden? Ich hoffe, dass ich mit der Zeit und den Aufgaben daran wachsen werde, den Weg zurück in eine gewisse Normalität zu finden und zu Lösungen zu kommen, die mir das Leben, trotz der Behinderung, erleichtern.

Dabei ist auch die Unterstützung der nächsten Umgebung sehr wichtig, um einem, trotz mancherlei eigener Zweifel, Mut zu machen und ihm dabei zu helfen, Hindernisse zu überwinden, die sich ihm in den Weg stellen. Dazu gehört auch ein gesundes Selbstbewusstsein, um sein Los anzunehmen und sich nicht von den Widrigkeiten des Alltages unterkriegen zu lassen.

So werde ich nun versuchen, mich den neuen Anforderungen, die mir das Leben im Alltag bereit hält, zu stellen und mit der Hilfe meiner liebevollen Frau auch zu meistern.

Aber dazu muss ich mich natürlich auch selbst aufraffen, mein Schicksal anzunehmen und versuchen daraus das Beste zu machen.

Damit dies mir auch besser gelingen kann, mache ich seit einigen Wochen beim REHA – Sport mit, was mir hilft, meine Beweglichkeit und Sicherheit wieder zu finden.

Denn durch die neue Prothese hat sich eine starke Unsicherheit aufgebaut, die erst durch ein entsprechendes Training wieder abgebaut werden kann. Besonders bei den Gleichgewichtsübungen ist mir dies negativ aufgefallen, dass mein Vertrauen zu meiner Prothese noch sehr im Argen liegt und noch viel Training benötigt, um eine gewisse Sicherheit zu erreichen.

Denn noch ist die Prothese ein Fremdteil, dass mir beim Gehen zwar helfen soll, mir aber immer noch sehr fremd ist.

Dabei ist es auch notwendig, die gesamte verbliebene Muskulatur weiter zu stärken, damit sie mit den veränderten Belastungen zurecht kommt und so auch irgendwelchen gravierenden Muskelproblemen vorbeugen kann.

Das dies unbedingt notwendig ist, habe ich gemerkt, als ich neulich eine kleine, langgezogene Steigung bewältigen musste und ein plötzliches, starkes Ziehen im Stumpf entstand. Nur durch ein kurzes Innehalten konnte ich den Krampf lösen, bevor ich weitergehen konnte.

Daran sieht man, dass es noch viel zu tun gibt, um hier eine Verbesserung der Muskulatur herbei zu führen.

Mittlerweile laufe ich am Tag zwischen 6500 und 10.000 Schritte.

Dennoch bin ich voller Optimismus, dass diese Unzulänglichkeiten mit der Zeit ausgeräumt werden können und mein Leben mit der Prothese angenehmer und schmerzfreier sein wird.

Aber dazu braucht man auch halt Geduld und nochmals Geduld.

Schlusswort

Trotz des Schicksalsschlages den ich hinnehmen musste, gehe ich, auch wenn sich mancherlei sogenannte unüberwindbare Hindernissen mir in den Weg stellen bzw. stellten, weiter aufrecht durch das Leben.
Dabei hat mir vor allem die Liebe meiner Frau geholfen, den Beistand den ich durch die Ärzteschaft erhalten habe und den zahlreichen, aufmunterten Worte vieler Freunde.

Aber auch die Tatsache, dass ich „Ja" gesagt habe und mein Schicksal angenommen habe und immer zu mir gesagt habe:

„Aufgegeben wird nicht, denn das Leben geht weiter!"

Sondern wir sollten auf einen Sommer zurückblicken, der uns so viel gebracht und uns auch gleichzeitig aufgezeigt hat, dass die Liebe alle Probleme, alle Schwierigkeiten, alle Unbilden und Geschehnisse überwinden kann, so das wir nicht über ein Traumata nachdenken müssen, sondern das wir dennoch sagen können:

Es war ein Traumsommer!

Mein ganz persönliches Schlusswort lautet:

Obwohl das Schicksal manches bei uns verändert hat, vieles wird nicht mehr so gehen wie früher, aber dafür kommen jetzt andere, neue Sachen hinzu, die das Leben trotzdem lebenswert machen

Eines wurde auch ganz deutlich klar, dass man nur gemeinsam solche Situationen meistern kann und das Geschehene annehmen muss, ohne in eine Schwermütigkeit zu fallen oder gar mit dem Schicksal zu hadern.

Nein, man muss diese neue Situation annehmen und das Beste daraus machen.

Daher lautet einer meiner Sprüche:

„Gemeinsam sind wir „unausstehlich"

und das hoffentlich noch sehr lange, dafür bete ich jeden Abend.

Ich liebe Dich!

Dein Engelchen Manuela

Die beiden Autoren

Wir beide gehen nunmehr seit neun Jahren gemeinsam durch diese Welt.
Vor sieben Jahren haben wir das Rheinland verlassen und einen Neuanfang in Friesland gestartet.

So haben wir mehrere Bücher in dieser Zeit gemeinsam gestaltet und verlegt.

Zahlreiche Zeichnungen aus unseren Händen haben dabei ihren Weg in unsere Bücher gefunden

Neben dem Malen, Zeichen arbeiten wir gemeinsam mit dem Medium Ton und stellen hier allerlei kleine Kunstwerke her.

Was uns immer wieder viel Freude bereitet.

Viele weitere Ideen warten noch auf ihre Verwirklichung. Wie heißt es so schön:

„Kommt Zeit – kommt etwas Neues!"

Folgende Bücher sind bisher erschienen:

Das Leben und Wirken des Strohwitwers Fritz
ISBN: 978 3911 1756070

Geschichten aus meiner Zeit als Strohwitwer, die ich meiner ersten Frau Maria, nach ihrem schweren Unfall, in diverse REHA - Maßnahmen schickte, um sie aufzumuntern.

Plötzlich allein...wie soll ich leben ohne dich?
ISBN: 978 3939 241068

Nach dem frühen Tode meiner ersten Frau Maria, zweieinhalb Jahre nach ihrem schweren Unfall, schrieb ich dieses Buch mit den Fragen nach dem „WIE" und „WARUM"

**Sex, kann so schön sein...
man muss ihn nur haben!**
ISBN: 978 3939 241010

In einer lauen Sommernacht saßen mehrere Paare aus der Generation 55+ zusammen und erzählten einige Erlebnisse aus diesen Bereich, die ich wissbegierig aufgeschrieben habe..

Kolvensbachs Pitter... und sein leidvoller Ehealltag
ISBN: 978 3939 241669

Unser Freund hat noch im späten Alter seine „große Liebe" gefunden, so dachte er.
Aber es kam anders, obwohl wir ihn eindringlich gewarnt hatten.
So wurde sein Alltag zu einem Alptraum und wir versuchten ihn ab und zu daraus zu holen, was nicht so einfach war.
Sollte unser Freund auf der Strecke bleiben...??

Mein Name ist Jacey, die Hauskatze
ISBN: 978 3944 028224

Geschichten einer Hauskatze, die sich als Diva sah und sich auch so aufführte, nach dem Motto:

Vornehm geht die Welt unter...!

Rusty packt aus... Die Welt aus Katzenaugen
ISBN: 978 3981 1709223

Noch eine Katzengeschichte!

Beide lebten in unserem Haushalt und beide waren so unterschiedlich wie ihr Katzenfell, nämlich schwarz und weiß!
Dennoch waren beide Katzen unsere Lieblinge, trotzdem gab es gewaltige Unterschiede im Charakter.

Kommissar a. D. Klaus Schöne
Aktenzeichen 2609
Ein ungeklärter Mord auf Baltrum
ISBN: 978 3741 288135

Ein Kommissar im Ruhestand macht auf der kleinen ostfriesischen Insel Baltrum seinen wohlverdienten Urlaub. Dabei stößt er auf eine Zeitungsmeldung , die über einen Mord berichtet, der seit zwanzig Jahren ungeklärt ist.
Dies weckt das Interesse von Kommissar a. D. Klaus Schöne an dem Fall.

Liebe zwischen Lee und Luv
ISBN: 978 3744 803607

Eins Liebesgeschichte, die an der Nordseeküste spielt, eines älteren Paares, dass einen Neuanfang wagt und mit einigen Schwierigkeiten zu kämpfen hat.

Das Leben des Peter Bork
ISBN: 978 3744 829366

In diesem Buch wird die Geschichte eines Mannes geschildert, der im Vertrieb arbeitete und seinen Aufstieg und Fall aufzeichnet, bis zu einem tragischen Ende.
Eine Geschichte mit einem realen Hintergrund.

Kommissar a. D. Klaus Schöne
Aktenzeichen 1510
Leichenfund in einer Friedeburger Kiesgrube
ISBN: 978 3741 281082

Ein neuer Fall für unseren Kommissar. Kann er ihn gemeinsam mit seinem Kollegen Schulz aufklären?
Eine Spur führt bis nach Portugal.

Plötzlich allein... aber das Leben geht weiter!
ISBN: 978 3746 034393

Tod – Trauer – Einsamkeit – Verlust -
Worte die einem in seinem Leben immer wieder begegnen.

Aber wie geht man damit um?

Nach dem ersten Buch „Plötzlich allein...wie soll ich leben ohne dich?
Folgt hier das zweite Buch … aber das Leben geht weiter!

Es schildert die Zeit des Aufbruches, des Neuanfangs ohne die Erinnerung an das Vergangene zu vergessen.

„Gamaschen Fynn"
ISBN: 978 3748 151944

Hier setzt der Autor einem zugelaufenen Kater ein kleines Denkmal, der so dankbar war, dass er nach dem Verlust seines langjährigem Heim ein Neues gefunden hatte.

Kommissar a. d. Klaus Schöne
Aktenzeichen 1017
... in der Tiefe des Moores
ISBN: 978 3749 421503

Ein neuer, unheimlicher Fall für unseren Kommissar. Bei dem Bau einer Windkraftanlage in einem ehemaligen Moorgebiet, dem Herrenmoor, welches südlich von Zetel liegt, werden bei den Ausschachtungsarbeiten für die Fundamente der Windkraftanlage Leichenteile gefunden.
Bereits einen Tag später werden weitere Leichenteile gefunden.
Was ist hier passiert?
Hinweise führen den Kommissar bis nach Südtirol

BURN - OUT...
...der lange Weg in eine Krise.
ISBN: 978 3749 429660

In diesem sehr persönlichen Buch erzählt der Autor, wie er selbst über einen langen Weg in eine seelische und körperliche Krise kam – Burn out – wie man heute sagen würde.

Weitere Texte finden sie in folgenden Anthologien:

**Deutsche Literaturgesellschaft
- Gedichte, die die Zeit überstehen -**

Erinnerungen
Liebe
Weihnachten

**August von Goethe-Verlag
- Glücklich allein ist die Seele, die liebt -**

Der Hochzeitstag
Mein geliebter Schatz
Wehmut

Zwiebelzwerg-Verlag
- Keinen Augenblick mehr mit dir -

Der Talisman
Mein geliebter Schatz II

Das Leben geht weiter, trotz mancher Behinderung, so wie die Wolken am Himmel dahin gleiten, so gleitet das Leben durch den Raum und die Zeit.

Das Schicksal können wir nicht aufhalten, aber wir können das Beste daraus machen und dürfen den Mut nicht verlieren.

                Fritz-Stefan Valtner